KB072554

FUSION FANTASTIC STORY
고고33 장편소설

세무사
차현호

세무사 차현호 2

고고33 장편소설

초판 1쇄 찍은 날 § 2016년 1월 25일
초판 1쇄 펴낸 날 § 2016년 2월 1일

지은이 § 고고33
펴낸이 § 서경석

편집책임 § 이지연
편집 § 박가연, 이창진

펴낸곳 § 도서출판 청어람
등록번호 § 제387-1999-000006호
등록일자 § 1999. 5. 31
어람번호 § 제1-2342호

주소 § 경기도 부천시 원미구 부일로 483번길 40 서경B/D 3F (우) 14640
전화 § 032-656-4452 팩스 § 032-656-4453
http://www.chungeoram.com
E-mail § chungeorambook@daum.net

ISBN 979-11-04-90615-2 04810
ISBN 979-11-04-90613-8 (세트)

FUSION FANTASTIC STORY

세무사

고고33 장편소설

차현호

2

세무사
차원호

목차

9장

제주도

"오빠, 빨리 와!"

게이트를 빠져나가는 미숙이의 걸음이 가벼웠다.

이미 비행기 창을 통해 본 바다의 모습에 흠뻑 빠져든 미숙이였다.

"천천히 좀 가자."

현호는 여전히 내키지 않는 얼굴로 그녀의 뒤를 따라 게이트를 빠져나왔다.

고개를 두리번거리자 오래지 않아 여행객들을 맞이하는 수많은 인파 속에서 강진우의 비린 미소를 볼 수 있었다.

"현호야, 여기야!"

현호는 손을 흔드는 녀석에게 다가갔다.

"여름방학 시작한 지 겨우 일주일밖에 안 됐는데, 한 몇 년 만에 만나는 것 같다. 그치?"

강진우가 미소를 보이며 친근히 말했다. 누가 보면 불알친구라고 착각할 정도로 살가운 모습이었다.

"너희 부모님도 오셨으면 좋았을 텐데."

"아빠는 일 때문에 못 오세요."

미숙이가 현호를 대신에 대답했다.

"그래?"

강진우가 미소를 드러내며 그녀의 짐 가방을 건네받았다.

그 작은 행동에도 수줍어하는 미숙이를 보며 현호는 눈을 찌푸렸다.

어찌 됐든 미숙이의 말대로 아버지는 일 때문에 오지 않기로 하셨고, 당연히 어머니는 아버지의 식사를 챙겨야 하니 집에 머물기로 하셨다.

"제주도 처음이지?"

제주공항을 빠져나오며 강진우가 의기양양하게 물었다.

"한 대여섯 번 왔나?"

현호는 고개를 기울이며 혼잣말을 속삭였다. 물론 지금의 삶이 아닌 이전 삶이다.

"피~ 오빠, 제주도 처음이잖아?"

미숙이가 핀잔을 했다.

하긴 그녀가 기억하는 한 현호가 제주도에 온 적은 없을 터.

"자식, 처음이면 처음이라고 얘길 하지, 뭐가 창피한 거라고."

강진우는 피식 웃으며 말했다.

본의 아니게 거짓말을 한 꼴이었지만 현호는 개의치 않았다. 뭐, 아니면 말고였다.

공항 주차장에는 고급 세단 차량이 대기하고 있었다.

자신을 양 비서라 소개한 남자가 현호 남매에게 깍듯하게 인사를 하고는 트렁크를 열어서 두 사람의 짐을 먼저 실었다.

그사이 현호는 주변을 살피며 오랜만에 온 제주공항의 전경을 눈에 담았다.

뭐랄까.

2016년에 비하면 1991년인 지금은 모든 것이 눈에 익었다.

마치 클래식하다고나 할까.

자동차의 디자인이라든지, 사람들의 헤어스타일, 입고 다니는 옷 같은 게 그랬다.

물론 복고풍이야 훗날에도 유행한다지만, 흉내로 그 시대의 향수를 되새기는 것과 실제로 마주하는 것은 차이가 있었다.

하지만 사람은 변화에 적응하게 마련이고 그런 익숙함도 그다지 이상한 것은 아니었다.

'조용하네.'

2016년의 제주도는 관광객들로 시끌벅적했는데, 지금은 따분할 정도로 조용했다.

아무래도 개발이 덜 된 시기이니 당연한지도 모르는 일이었다.

"현호야."

강진우가 현호의 소매를 붙잡았다. 하지만 돌아온 것은 현호의 매서운 시선이었다.

"왜?"

"차에 타라고. 가야지."

현호는 그제야 벌써 차에 오른 미숙이를 볼 수 있었다.

"오빠, 뭐 해? 빨리 타!"

동생의 재촉에 현호는 잠시 스친 아련함을 뒤로하고 차에 올라탔다.

공항을 벗어난 고급 세단은 해안 도로를 부드럽게 빠져나갔다.

미숙이는 차창을 열고 바람을 만끽했다. 나부끼는 머리카락 사이로 기쁨의 미소가 철철 넘쳤다.

"미숙아, 저기 보이는 산이 한라산이야."

강진우의 친절한 설명에 미숙이의 입술이 양껏 찢어졌다.

시종일관 미소가 끊이질 않는 동생을 보면서 현호는 이왕 온 거 그래도 표정 관리는 해야겠다는 생각을 했다.

물론 친절을 가장한 강진우의 미소 뒤로 꿍꿍이 가득한 속내가 감춰져 있음을 알지만 말이다.

"사장님께서 도련님 친구가 오신다고 해서 기대가 크십니다."

운전 중인 양 비서가 룸미러를 살피며 말하자 현호는 내심 강진우가 자신을 어떻게 얘기했을지를 떠올려 봤다.

아마 바로 들통날 거짓말은 못 했을 테고, 꿇리는 것은 싫어하는 놈이니 자신과 대등한 정도로 포장했을 것이다.

"현호, 너 먹고 싶은 것 있어?"

조수석에 앉아 있던 강진우가 고개를 돌려 물었다.

"글쎄……. 한치가 생각나네."

예전에 아는 세무사 형님과 함께 왔을 때 먹은 한치가 떠올랐다.

"쪽파 넣고, 초고추장으로 버무린 한치에다가 소주 한 잔 걸치면… 카……."

현호는 저도 모르게 입맛을 다시고 침을 꼴깍 삼켰다.

양 비서가 눈을 크게 뜨더니 이내 껄껄 웃었다.

"하하, 도련님의 친구분이 술 마실 줄 아시네요."

"현호, 너 술 잘 마시냐? 우리 저녁에 양주 하나 딸까?"

강진우는 양 비서 앞에서도 내뱉는 얘기에 거리낌이 없었다. 양 비서 역시도 그다지 거부감을 나타내진 않았다.

"됐어, 인마. 농담이지… 술은 무슨."

"자식, 양주라고 하니까 쫄았냐? 하긴, 애들은 양주 같은 것 못 마시지. 나는 양주 아니면 안 마시지만 말이야."

강진우는 별의별 구석에서 현호의 우위에 서고 싶은 모양이었다.

물론 현호가 양주를 잘 마시는 것은 아니었지만, 못 마실 것도 없었다.

'흠……'

공기에서 소금기가 느껴진다.

'바다 내음이 참 좋네.'

그래도 이렇게 오니 미숙이도 그렇지만 정작 좋은 쪽은 현호 자신이었다.

바람을 쐬면 들뜨는 것은 어른이나 애나 다르지 않다.

그렇지만 이전 삶에서는 어디를 놀러 가도 마음이 편한 적이 없었다.

성인의 휴식은 짐일 뿐이지 그게 어디 휴식인가.

여행으로 잠깐 들떴다가도 일 걱정, 집 걱정, 돈 걱정, 마음은 온통 걱정투성이다.

하지만 어린 녀석들에게는 그런 걱정이 들 리가 없다. 그런 걱정은 부모님들이 대신 해주는 것이다. 애들은 그저 애들답게 놀면 된다.

현호 역시도 지금 순간만은 애들이고 싶었다.

*　　　*　　　*

풍덩!

별장에 도착하자마자 미숙이는 서둘러 수영복으로 갈아입

고 나와 수영장에 뛰어들었다.

"꺄."

현호는 즐거운 비명을 지르는 여동생을 수영장 밖에서 지켜만 봤다.

물론 그 역시도 수영복은 입었지만 위에는 남방셔츠를 입어서 몸이 드러나지는 않았다.

그때 강진우가 다가와 현호를 수영장으로 밀쳤다.

"꺄!"

미숙이가 즐거운 비명을 지르며 물에 빠진 현호에게 물장구를 쳤다.

'참 내, 내가 이런 짓거리를 해야 하나.'

이건 마치 나 잡아봐라, 하고 해변을 뛰어다니는 연인들의 꼬락서니를 보는 기분이었다.

그래도 대충 장단을 맞춰주면서 현호는 한번 제대로 몸을 적신 후에 수영장을 빠져나왔다.

촤르르.

몸에 달라붙은 물이 쏟아져 내렸다. 그 덕에 흠뻑 젖은 남방셔츠가 현호의 몸에 쫙 달라붙었다.

40대의 듬성한 머리카락이 아닌 10대의 풍성한 머리카락에서 쏟아지는 물줄기는 마치 폭포와 같았다.

"와, 현호 도련님도 몸이 보통이 아니네요."

샤워 타월을 들고 있던 양 비서가 현호를 보고 감탄사를 쏟았다.

그도 그럴 것이 몸에 붙은 셔츠로 인해 현호의 탄탄한 근육이 여지없이 드러나고 있었다.

"야, 현호야. 한번 벗어봐."

"뭐?"

강진우가 이상한 부탁을 했다. 그것이 호기심인지 뭔지 알고 싶지도 않았지만 그는 계속해서 재촉해 왔다.

"됐어."

현호는 누구에게 몸을 보여주고 싶어서 운동을 한 게 아니었다.

까라면 까겠지만 굳이 안 해도 될 일을 할 필요는 없는 법이다.

더구나 지금 이곳에는 양 비서뿐 아니라 별장을 관리하는 고용인과 그 식솔들도 함께였다. 그들은 강진우의 한마디도 놓치지 않을 기세로 수영장 주변에 일렬로 서 있었다.

그뿐인가.

음식을 준비하는 출장 뷔페 요리사들까지 이곳에서 온갖 요리를 만들어내고 있었다. 물론 그중에 당연히 여자들도 있었다.

"자식, 뭐 그리 대단한 거라고."

"현호 도련님은 보기보다 수줍음이 많으신가 봅니다. 그래도 젖은 옷은 갈아입는 게 좋답니다."

양 비서가 샤워 타월을 건네며 말했다.

어차피 수영장이고 여름인데 갈아입는 게 무슨 차이냐고 한 소리 뱉으려 했던 현호였지만, 미숙이의 시선까지 더해지니 더 이상의 실랑이로 분위기를 망치고 싶지는 않았다.

단번에 셔츠를 벗어버렸다.

훌러덩.

그러자 지금까지의 실루엣이 아닌 실제로 탄탄한 몸이 드러났다.

단단한 복근, 울퉁불퉁한 가슴 라인, 날카롭게 드러난 쇄골 라인과 턱 선, 꾸준한 운동으로 단련된 군살 없는 종아리와 근육이 잔뜩 솟은 치골 라인, 그리고 잔뜩 화가 난 엉덩이까지.

그것은 마치 태양이 쏟아내는 눈부심과 흡사했다.

여자들의 시선이 현호에게 고정됐다. 도저히 16살 중학생으로는 볼 수 없는 몸이다.

"우와, 오빠 진짜 몸 좋다."

가족이라고 서로의 몸을 알진 못한다. 늘 불만투성이였던 미숙이도 이번에는 감탄사를 금치 못했다.

반면 강진우는 입은 웃고 있었지만 눈빛은 싸늘했다.

숨겨진 현호의 몸을 궁금해했지만 막상 캐내고는 뭔가 불만이 있는 듯 보였다.

'이놈아, 라이벌로 여길 사람을 라이벌로 생각해야지.'

조금 유치하지만 현호는 강진우에게 보란 듯이 몸을 돌리고 샤워 타월로 몸을 감쌌다.

그때였다.

양 비서가 갑자기 자세를 고치고 바로 섰다. 그러고는 허리를 90도로 숙이며 외쳤다.

"사장님, 오셨습니까?"

뒤돌아선 현호는 앞으로 그리 멀지 않은 미래에 신전그룹이라는 거대 기업으로 변모할 신전전자의 강성환 사장을 마주할 수 있었다.

이전 삶에서 강성환은 미숙이의 시아버지, 즉 현호와는 사돈이었다.

물론 그 신분의 차이가 컸기에 그와 사돈을 맺었다는 사실은 그다지 실감이 나지도 않았고, 언감생심 그에게서 어떤 혜택을 기대한 적도, 받은 적도 없었다.

"넌 누구냐?"

잔디밭을 가로질러 온 강성환은 현호를 보자마자 짙은 눈썹을 찌푸려 물었다.

'신전그룹의 강성환……'

절로 어금니가 깨물어지지만 현호는 애써 표정을 감춰야 했다. 상대에게 감정을 드러내는 것은 하수들이나 하는 행동이다.

"저는 진우와 같은 반인 차현호라고 합니다."

현호는 똑바른 발음으로 자신을 소개했다.

고개를 살짝 치켜들어 강성환을 바라보는 눈은 당당했고,

꼿꼿이 편 등은 기죽은 모습이 결코 아니었다.

"그래?"

현호의 위아래를 훑는 강성환의 목덜미는 붉게 변해 있었다.

아무래도 그는 술을 한잔 마신 모양이었다. 그 뒤로는 수행 비서로 보이는 십여 명의 사람이 서 있었다.

그들을 훑던 현호는 순간 흡, 하고 숨을 들이켰다.

'염… 조사관?'

분명 낯익은 그 얼굴이다.

이전 삶에서는 비리로 국세청장에서 퇴출된 남자이며, 이번 삶에서는 현호 때문에 곤욕을 치른 남자다.

들기로는 지방 세무서로 발령이 났다고 들었는데.

'그게 제주세무서였어?'

그런데 왜 염 조사관이 여기 별장에 있는 걸까.

"그래, 진우에게 들은 것 같기도 하군. 그게 오늘이었나?"

기억을 떠올리듯 혼잣말을 속삭이며 강성환은 지금 자신을 똑바로 바라보는 당돌한 소년을 눈에 담았다.

회사에서는 누구도 그의 앞에서 고개를 치켜들고 똑바로 마주 볼 자가 없었다. 그런데 이 소년은 꽤 재미난 행동을 하고 있었다.

비록 술에 취해 정신이 혼미하긴 했어도 가슴 한편을 깊이 쑤시는 시선이었다.

사실 오늘은 강성환에게 있어 그다지 기분이 좋은 날은 아니었다. 민정당의 원내 대표 회의가 제주호텔에서 있었는데, 영감탱이들이 바라는 것은 많으면서 도통 풀지를 않았다.

그렇게 먹이고 재워줬으면 면세점 하나 정도는 신전이 유치하게 해줘야 하는 것이 정석인데 말이다.

"차현호라. 이름이 단단해서 듣기가 좋군."

기분도 좋지 않겠다, 술도 한잔 마셨겠다, 강성환은 아들의 친구라는 소년에게 호기심이 들었다. 물론 술기운의 여흥이기도 했다.

그가 파라솔에 놓인 의자를 빼고 엉덩이를 붙였다.

"저기, 아버지, 피곤하실 텐데……."

강진우가 눈치를 살피며 다가왔지만 찌푸린 아버지의 얼굴에 눈 한번 제대로 마주치지 못하고 말꼬리를 흐렸다.

"그래, 아버지는 뭘 하시나?"

강성환이 물었다.

현호는 염 조사관에게 향한 시선을 뒤로하고 질문을 건넨 강성환을 마주 봤다.

"작게 건설업을 하고 계십니다."

현호는 이전 삶에서 딱 한 번 강성환 사장과 독대를 한 적이 있었다. 바로 상견례 자리였다.

당시 처음 강성환의 시선을 마주했을 때, 현호는 괜히 죄라도 지은 것처럼 주눅이 들었었다. 그만큼 이 남자는 거대했다.

그래서 미숙이가 강진우에게 가정 폭력을 당하고, 강진우가 바람피우고 밖으로 싸돌아다닐 때도, 자신이 미숙의 오빠임에도 감히 신전그룹을 찾아가 둘의 이혼 얘기를 꺼낼 생각조차 하지 못했었다.

'…강성환.'

사람이란 본디 한번 느낀 두려움을 쉽게 잊지 못한다.

그러니 현호가 이전 삶에서 강성환에게 느꼈던 감정이 지금 순간 다시 살아난다고 해도 이상한 일은 아니었다.

그런데 지금 현호는 그런 감정은커녕 눈앞의 부자(父子)에게 당해 목숨을 잃었다는 사실만 상기할 뿐이었다.

더구나 술기운에 붉어진 강성환의 목을 바라보며 실망감마저 느꼈다.

물론 그것은 강성환 사장이 아닌 현호 자신에게 느끼는 실망이었다.

이전에는 그렇게 크고 거대한 남자였는데, 오히려 중학생의 시선에 강성환은 술에 취해 꼬장이나 부리는 취객으로 보일 뿐이었다.

"건설업이라……. 흠, 중요한 일이지. 나라에 꼭 필요한 일이기도 하고. 그래, 학교에서 성적은 어느 정도나 하지?"

아들의 친구라지만 분명 예의가 없는 질문이었다.

하지만 그것은 성적에 자신이 없는 아이들에게나 해당되는 것이고, 현호에게는 대답을 꺼릴 이유가 없었다.

오히려 지금 강성환이 그에게 이런 질문을 하는 것을 보니 강진우가 학교생활을 제대로 얘기하지 않은 것 같아서 그게 새삼 걱정될 정도였다.

'분명 강진우 자식, 나에 대해 말을 아꼈겠지. 자존심이 상할 테니 말이야.'

현호는 강진우를 슬쩍 곁눈질하고 대답했다.

"그냥 남들 하는 정도 합니다."

"남들 하는 정도라? 이번에 우리 진우는 전교 2등을 했다던데, 그 정도는 하는 건가?"

강성환은 픽 웃으며 물었다.

그는 눈앞의 현호와 강진우를 비교하듯 바라봤다.

입가에 조소까지 어린 것을 보니 현호를 아주 제대로 무시하는 듯했다.

"아버지, 뭘 그런 걸 물으세요?"

강진우가 옆에서 바싹 마른 입술을 열었다.

물론 그렇게 얘기한 것은 현호를 위해서가 아니라 아버지 앞에서 비교당할 자신에 대한 방어일 뿐이었다.

왜냐하면 그럴 만한 이유가 있기 때문이고, 현호는 그 이유를 잘 알고 있었다.

'바로 네가 정통 후계자가 아니기 때문이지.'

사생아.

강진우는 강성환 사장이 밖에서 낳아 온 자식일 뿐이다.

강성환 사장의 본처는 딸 하나를 낳고 병환으로 별세했다.

그래서 밖에서 데려온 아이가 강진우였다.

흔하디흔한 얘기 같지만 그것이 강진우란 인간의 밑바탕이기도 했다.

'그래서 이 자식이 열등감이 대단했었지.'

현호는 분명히 기억하고 있었다.

강진우는 자신의 속마음을 철저히 숨기는 놈이었지만, 어느 날 술에 취해서 현호의 앞임을 잊고 자신의 집안사람들에게 저주를 퍼부은 적이 있었다.

그때의 소름 끼치던 시선이 아직도 기억날 만큼, 강진우는 지금 가슴속에 무겁고 짙은 어둠을 감추고 있다.

"그래도 진우의 친구라서 기대를 했는데 말이야."

흥이 사라진 강성환이 자리에서 일어나려고 엉덩이를 들썩이는 때였다.

"우리 오빠 전교 1등이에요."

미숙이가 냉큼 한마디를 던졌다.

"뭐?"

강성환의 눈썹이 삐뚤어졌다. 이어진 미숙이의 말에 그는 살짝 입술까지 벌렸다.

"지난번 중간고사도 그렇고, 이번에 기말고사에서도 한 문제도 안 틀렸대요."

아들의 친구이니 어느 정도는 할 거라는 건 예상할 수는 있었다.

그런데 전교 1등이라니.

그나마 엎치락뒤치락한다면 이해를 하겠는데, 단 한 문제도 틀리지 않았다고?

'모자란 놈.'

강진우를 돌아본 강성환의 시선에 칼바람이 불었다.

아들이 전교 2등이고, 그 친구가 전교 1등인 것이 문제가 아니었다.

'이런 아이보다 못하다니.'

물론 눈앞에 있는 아들의 친구는 충분히 인정할 수 있는 외모와 재능을 가지고 있다.

하지만 이 아이는 신전의 자식이 아니지 않은가.

그 말은 강성환에게 있어 자신의 핏줄이 흔한 서민의 가정에서 나고 자란 아이보다 못하다는 얘기와도 같았다.

아무리 못난 놈도, 이 강성환의 피를 가졌으면 절대 뒤처지면 안 되는 것을.

"그게 정말이냐?"

"예."

현호가 고개를 끄덕이며 대답하자 곁에서 지켜보던 강진우의 코끝이 찌푸려졌다.

이를 악물며 주먹을 꽉 쥐는 모습이 현호의 눈에 고스란히 비쳤다.

'젠장!'

강진우는 아버지의 시선에 돌아버릴 것 같았다.

여태 겪어본 아버지라는 사람은 자식에게 신경을 쓰는 사람이 아니었다.

아들이라는 것을 그저 집안에 있어 적당히 걸어놓을 액자 속 사진에 불과하게 취급하는 남자가 바로 신전전자 사장인 강성환이다.

그래서 제주도 별장에 친구를 데려온다고 형식적으로 얘기를 했을 뿐이고, 분명 아버지가 관심을 가지지 않을 거라고 생각했다.

사실 아버지가 제주도에 내려온 것도 회사의 일정이 우연히 겹친 것뿐이었다.

그런데 생각지도 못하게 비교를 당하게 생겼다.

물론 그 비교를 당하는 것이 죽기보다 싫은 게 강진우였다.

"그래, 과외라도 하는 거니?"

"뭐, 그냥 교과서 위주로 하는 거죠. 다들 그렇지 않나요? 진우야, 너도 그렇지?"

물론 강진우가 그럴 리가 없겠지. 최고의 수재들이 모였다는 한국대학 출신들에게 과외를 받고 있을 게 틀림없다.

"그, 그건……."

"우리 진우는 과외를 받고 있다."

강진우가 말꼬리를 흐리자 강성환이 대신 대답을 했다.

아들을 대신해서 변명한 것이 아닌 그저 사실이었기 때문에 얘기한 것뿐이다. 그에게 아들의 부끄러움 같은 것은 중요하지 않았다.

"아, 그래요? 뭐, 받을 수도 있죠. 혼자 하기 힘들면……."

일그러지는 강진우의 표정이 아주 볼만했다. 그럴수록 현호는 미소를 끌어 올리며 강성환 사장을 바라봤다.

"그럼 너는 장차 뭐를 하고 싶으냐?"

강성환이 다시 물었다.

"대한민국을 한번 흔들어보고 싶습니다."

"뭐라고?"

현호의 대답에 강성환이 놀라더니 이내 헛웃음을 흘렸다.

"허허, 꿈 한번 대단하구나."

물론 현호가 뭔가를 계획하고 있는 것은 아니었다.

어렴풋이 이미지만 그리고 있었고, 아직까지 두 번째 삶에서 뭘 해야 할지에 대한 목적이 분명치는 않았다.

단지, 지금은 강성환이 좋아할 만한 대답을 한 것뿐이었다.

그의 비위를 맞추기 위해서?

아니다. 그저 여행 중 겪는 하나의 여흥일 뿐이다.

"그래, 본디 사람은 꿈이 커야지. 이런 점은 진우 네가 배워야 될 점이야. 아니지, 이거 하나뿐 아니라 배워야 될 게 한가득이구만."

"예……. 명심할게요."

강진우가 미소를 지으며 끄덕였다.

물론 억지로 끌어 올린 미소라는 게 현호의 눈에는 역력히 보일 정도였고, 여린 턱살 뒤로 어금니가 씰룩이는 모습 또한 아주 볼만했다.

　"저, 사장님. 이만 들어가시는 게 어떨까요? 저녁에 또 일정이……."

　안경을 쓴 수행 비서가 곁에 다가와 조심히 속삭였다.

　"흠……."

　강성환은 뭔가 아쉬운 얼굴로 현호를 바라봤다.

　더 물어보고 싶은 게 있는 얼굴이었지만 이내 몸을 일으켰다.

　강성환은 크게 숨을 고르고는, 별장으로 걸음을 옮기려다 문득 멈추고 뒤를 힐끗 돌아봤다.

　"염동진 조사관님이라고요?"

　"예, 사장님."

　뒤에서 내내 조용히 있던 염 조사관이 냉큼 다가와 자신의 명함을 강성환에게 내밀었다. 물론 허리를 숙이고 두 손을 공손히 내민 자세였다.

　"흠… 그런데 왜?"

　강성환은 명함을 대충 살피며 물었다.

　"아, 이번에 처분하신 서귀포 농지 때문에 드릴 말씀이 있어서……."

　염 조사관은 입꼬리를 끌어 올리며 대답했다. 그의 눈동자는 가늘게 떨리고 있었다. 그 모습을 현호는 말없이 지켜봤다.

"무슨 문제?"

"그게… 제출하신 서류에 조금 문제가 있습니다."

"뭐라고?"

강성환의 이마가 찌푸려졌다. 곧장 수행 비서들을 돌아보고 물었다.

"문제라니? 그게 뭐야?"

"죄송합니다. 바로 확인해 보겠습니다."

"대체 일을 어떻게 하는 거야!"

예고도 없이 터진 강성환의 고함으로 인해 별장에는 삽시간에 침묵이 가라앉았다.

찰랑이던 수영장의 물결조차 잔잔해졌다.

그 침묵 속에서 딱 한 사람만이 입을 열었다.

"사장님, 쉬셔야 됩니다."

좀 전에 강성환 사장에게 쉴 것을 청했던 조심스러운 목소리와는 달리 이번에는 직선적이고 도도함이 느껴지는 목소리였다.

감히 자신의 상사에게 하는 말투라고는 볼 수 없었다.

현호는 그 목소리의 주인공을 바라봤다. 아까의 안경잡이가 아닌 다른 사람이었다.

여자였는데, 그녀는 정장 차림이었고 꽤 앳돼 보였다.

미인 상이기는 했지만 화장을 해서 그 이면은 들여다볼 수 없었다.

그나마 그녀의 목소리로 인해서인지 강성환의 얼굴에서 붉은 기가 천천히 가라앉았다.

"후… 알아서 듣고, 처리해."

"예, 사장님."

강성환 사장은 그 한마디를 뱉고는 더 이상 미련 없이 별장으로 들어갔다.

나머지 수행 비서들도 뒤를 따랐고, 도도한 목소리의 주인공은 뾰족한 구두 굽을 내디디며 염 조사관과 함께 현호를 스쳐 갔다.

'누구지?'

여자의 정체에 대해 짧은 궁금증이 일었지만 그뿐이었다.

강성환이 떠난 자리는 침묵의 한가운데나 다름없었다.

강진우는 여전히 정신이 반쯤 나가 있었고, 미숙이는 알 수 없는 분위기에 압도돼 수영장 밖에서 오들오들 떨고 있었다.

"수건."

현호는 양 비서가 들고 있는 샤워 타월을 낚아채 미숙이게 다가갔다.

동생의 어깨를 샤워 타월로 감싸주고 힘껏 끌어안아 일으켰다.

그러자 강진우가 그제야 정신을 차리고 미소를 끌어 올리더니 가볍게 손뼉을 쳤다.

"자, 다들 좀 먹자. 분위기가 왜 이래? 양 비서 아저씨, 빨리 식사 준비해 줘요."

"예, 도련님. 금방 준비하겠습니다."

"미숙아, 배고프지?"

"으, 응."

미숙이가 고개를 끄덕였다. 강진우가 그녀의 손목을 붙잡으려는 순간이었다.

"안 되겠다. 애 지금 뭐 먹으면 바로 체할 것 같아."

현호가 두 사람 사이를 가로막았다. 그의 말대로 미숙이는 바들바들 떨고 있었다.

성인 차현호도 강성환 앞에서 주눅이 들 정도였는데, 미숙이가 강성환의 고함에 놀란 것도 무리는 아니었다.

"체하기는 뭘 체해. 가자, 미숙아. 여기 요리사들 솜씨가……."

"진우야."

재차 손을 뻗어 미숙의 손목을 잡으려던 강진우였지만, 현호의 손에 오히려 자신의 손목을 붙잡혀야 했다.

"우린 나중에 먹을게."

"뭐… 그래라."

현호는 싸늘해진 강진우의 시선을 외면하고 미숙이의 어깨를 끌어안으며 양 비서를 향해 물었다.

"저희 어디로 가야 하죠?"

별장에 강성환 사장이 들어간 이상 그쪽은 아닐 것 같아서 물었다. 예상대로 양 비서가 서둘러 또 다른 별채로 안내했다.

이곳은 별채만 세 채가 지어져 있을 만큼 큰 별장이었다.

"원래 그렇게 화를 내시는 분이 아니신데……."

"됐습니다."

양 비서가 변명을 하려 했지만 현호는 미숙이를 데리고 한시바삐 안내받은 별채로 움직였다.

"몸살 약 있으면 좀 챙겨주세요. 이 녀석이 가끔 충격을 받으면 몸이 놀라곤 하거든요."

"예. 바로 준비하겠습니다."

일단 양 비서가 알려준 방으로 들어온 현호는 미숙이를 침대에 앉혔다.

"오빠, 나 괜찮아."

"말 들어."

"정말… 괜찮은데."

미숙인 집에서와 같이 철없는 행동을 할 수 없었다. 현호의 얼굴이 그 어느 때보다도 굳어 있었기 때문이다.

또한 그 어느 때보다도 믿음직한 모습이었다.

현호는 일단 미숙이를 욕실로 들여보냈다. 그리고 잠시 뒤에 별채 관리인이 짐 가방을 챙겨 왔다.

20대의 젊은 여자였고, 이곳 별장에 와서는 처음 보는 얼굴이었다.

"저, 짐 가방 가져왔습니다."

"고맙습니다."

그녀는 미소를 보이며 한가득 짐 가방을 방 안으로 들여보냈다.

현호는 자신이 하겠다며 손을 뻗었지만 실수로 그녀의 하얀 피부에 닿고 말았다.

"아, 죄송해요."

"훗, 아녜요. 근데… 동생분은 아까 많이 놀라셨죠?"

"아니요. 뭐, 큰일도 아니었고."

현호는 미소와 함께 그녀에게 대답했다.

이상하게도 그녀와 얘기를 나누는 것이 편하다고 느껴졌다. 뭐랄까, 그냥 마음이 놓인다고 할까.

물론 다른 뜻은 없었다.

그녀는 20대의 젊은 청춘이었고, 현호는 성숙과 미성숙의 중간에서 머무는 상태였으니까.

"그럼 편히 쉬세요. 아, 저는 별채 일을 돕는 전지우라고 합니다. 언제든 도움이 필요하시면 부르세요."

그녀가 허리를 숙여 인사를 하려는 때였다.

"꺄아!"

비명 소리다. 미숙이가 들어간 욕실에서 났다.

욕실에서 들린 비명 소리에 현호는 서둘러 욕실 문고리를 붙잡았다. 하지만 문은 굳게 잠겨 있었다.

"제가 열쇠 가져올게요!"

지체 없이 몸을 돌린 전지우였지만 곧이어 터진 소리에 걸음을 멈췄다.

쾅!

현호가 욕실 문을 부순 것이다.

발길질 한 번에 욕실 문을 부수는 그 모습에 놀란 전지우는 목선을 빳빳이 끌어 올렸다.

현호는 그 거침없는 모습 뒤로 욕실에 들어갔다.

그곳에는 욕실 바닥에 주저앉은 채로 작은 제 몸을 감싸고 있는 미숙이의 모습이 보였다.

"나가! 오빠 나가!"

미숙이는 울먹임과 절규 어린 목소리로 외쳤다.

그 순간 현호의 눈에는 바닥에 드리워진 진홍빛 피가 비쳤다.

'아뿔싸!'

현호는 단번에 상황을 파악하고 등을 돌렸다.

때마침 그를 지나쳐 전지우가 욕실에 들어왔고, 그녀도 상황을 파악하고 그에게 나갈 것을 청했다.

"잠시 나가 계세요."

그녀의 말대로 현호는 욕실을 벗어났다.

아예 방을 빠져나오니 마침 미숙이의 비명 소리를 듣고 별채 식솔들이 계단을 올라오고 있었다.

"올라오지 마세요!"

현호는 방문을 등지고 그들을 멈춰 세웠다. 그러자 별채 식솔들, 양 비서와 강진우가 어리둥절한 얼굴로 현호를 바라봤다.

"무슨 일이야?"

강진우는 궁금증을 참지 못하는 얼굴이었다.

"아무것도 아니야. 양 비서님만 계시고 다들 내려가 주세요."

현호의 시선은 단호했다.

모두가 내려가고서야 양 비서가 계단을 올라와 물었다.

"무슨 일이시죠?"

"생……."

차마 말을 잇지 못하고 입술 끝을 핥으며 주저하는 사이,
방문이 살짝 열리고 그 틈으로 전지우가 고개를 내밀었다.

그녀와 눈이 마주치자 현호는 직감하고 물었다.

"지우 씨, 어디서 가져오면 되죠?"

현호의 질문에 전지우는 조금 당황스러웠다.

입을 열지도 않았는데 현호는 그녀가 무슨 말을 할지, 무엇
을 원하는지를 알고 있었다.

게다가 놀란 것은 그가 붙인 호칭이었다.

'지우 씨라니…….'

그러나 당황하는 것도 잠시, 전지우는 양 비서를 돌아봤다.

"저, 양 비서님. 장 여사님 좀 불러주세요. 이 방 인터폰이
고장 났나 보네요."

양 비서는 지금 상황이 뭐가 어떻게 돌아가는지 알 수가 없
었다. 현호는 남으라고 했는데, 또 그녀는 내려가 보라고 하고
있었다.

"부탁해요."

결국 현호까지 말을 보태자 양 비서는 서둘러 계단을 내려갔다.

"알고 계셨어요?"

둘만 남게 되자 전지우가 물었다. 현호는 천천히 고개를 끄덕였다.

"생리, 맞나요?"

"예. 근데 어떻게 아셨어요?"

"그냥 그럴 것 같았어요."

생각해 보니 아영이도 딱 이맘때였다. 만약 현호가 딸을 가진 부모가 아니었다면, 결코 모를 일이었다.

여자가 됐다는 것.

오늘은 미숙이의 인생에서 역사적인 날이기도 했다. 단지……

'하필 이런 날에 터지다니.'

부모님도 없는 상황이니 큰일도 보통 큰일이 아니었다.

'후……'

전지우가 미숙이를 돌보겠다며 다시 방문을 닫자 현호는 놀란 가슴을 쓸어내리며 문에 기댔다.

지금 상황이야 미숙이는 두렵고 당황스럽겠지만, 솔직히 목숨을 잃을 만큼 큰 사건은 아니었다.

'큰일 날 뻔했네.'

수영장에서 일이 터졌다면, 정말 상상도 하기 싫은 상황이 펼쳐졌을 것이다.

미숙이의 인생에 트라우마로 남았을지도 모르는 일이다.

'그래, 내 동생이지. 내 동생의 인생에 그런 오점이 생기면 안 되지.'

현호는 지금까지 미숙이를 보면서 큰 감정의 변화가 없었다. 회귀 전의 삶까지 따지면 이미 서로 얼굴 보며 산 지가 40년이 넘었다.

더구나 그녀가 강진우에게 시집을 간 뒤로는 서로의 왕래도 드물었다.

솔직히 남이나 다름없는 게 가족이더라는 얘기다.

그러다 보니 회귀 후의 미숙이를 만났다고 감정이 달라질 리 없었다.

어떻게 보면 아버지나 어머니, 미숙이는 현호에게 있어 과거의 일부분일 뿐이었다.

그저 88년이란 게임 속으로 들어왔고, 집이라는 공간에 세팅되어 있는 인형을 보는 듯한 기분이었다.

감정이라는 것이 느껴질 만큼 와 닿지가 않았다는 얘기다.

아버지 일을 해결한 것도 애틋한 감정이 아닌 이성이 그래야 한다고 판단했을 뿐이었다. 그 일이 현호 자신에게 영향을 끼칠 게 분명했기 때문이었다.

그래서일까.

현호는 미숙이와 강진우와의 사이는 그다지 고려하지 않았다.

둘의 인연에 대해 막연히 생각했을 뿐, 딱히 가로막아야 할 기폭제 같은 감정은 없었다.

그런데 지금 미숙이의 곤란한 상황 속에서 아찔하게 벌어졌을 일들을 느끼는 순간, 등줄기에 소름이 밀려오고 지금의 순간들이 생생한 현실이 돼 느껴지는 것이다.

'돌이킬 수 없다는 것.'

이제부터는 모든 일에 돌이킬 수가 없는 것이다.

회귀로 인해 모든 순간을 처음처럼 살아가고 있지만, 앞으로 걷는 매 순간은 현실이고, 되돌릴 수가 없다.

*   *   *

한바탕 소란이 지나가고서야 지쳐 잠든 미숙이를 방에 두고 현호는 별채 밖으로 나왔다. 잠시 동안 비가 한바탕 내린 뒤라서 하늘이 어둑어둑했다.

강진우는 보이지 않았다.

"많이 놀랐죠?"

고개를 돌리니 전지우가 가벼운 웃음을 띠고 현호의 곁에 다가왔다.

그녀는 미숙이에게 상황을 인지시켜 주고 서둘러 준비한 꽃과 얇은 백금 목걸이를 선물했다.

누가 뭐래도 그녀야말로 오늘의 일등 공신이고 현호 남매에게는 은인이었다.

"아찔했네요. 지우 씨… 아, 지우 씨라고 해도 되죠?"

"예."

"하…….. 지우 씨 없었으면 큰일 날 뻔했어요."

이번에도 현호는 그녀에게 지우 씨라는 호칭을 붙였다.

일반적인 경우 타인의 이름에 '씨'라는 호칭을 붙인다는 것은 관계의 선을 의미하며, 특히 그 관계가 애매한 경우에 쓰는 경우가 많다.

하지만 분명한 것은 상대와 상대가 '성인'의 경우에 허용되는 호칭이라는 것이다.

그러니 지금의 상황이 못내 이상할 수도 있었지만, 전지우로서는 조금 신경이 쓰였을 뿐 그다지 거부감은 없었다.

그녀의 집안이 별장 고용인이라는 특수성도 그 이유에 한 몫하고 있었다.

한마디로 그녀에게는 이러한 호칭을 듣는 게 그다지 낯설지 않다는 뜻이었고, 상대에 대한 존중이 몸에 배어 있다는 얘기였다.

"시장하지 않으세요?"

그녀가 물었다. 지극히 예의 있는 어투였고, 그녀가 현호를 학생이 아닌 성인으로 대하고 있다는 의미였다.

이는 그녀가 신전가(家)에서 배우고 지켜온 신념이었다.

"그러고 보니 조금 배고프네요."

미숙이 일로 정신이 없었던 데다, 생각해 보니 점심 이후로 아무것도 먹질 못했다.

"그럼, 아까 준비했던 요리를 따로 보관해 놨는데 좀 드시겠어요?"

"아니요, 속이 부대껴서……. 혹시 그거 있나요?"

"그거요?"

그녀가 고개를 갸웃했다. 현호는 미소와 함께 다시 물었다.

"라면이요."

전지우가 준비해 오겠다며 사라지고서야 현호는 고개를 들어 어둠을 응시했다.

별장의 곳곳에 설치된 가로등은 희뿌연 안개 같은 빛을 흩뿌렸다. 불어오는 바닷바람, 펄럭이는 옷자락, 부대끼는 머리카락들.

현호는 이들의 향연을 온몸으로 느끼고 있었다.

'나도 미친놈이지.'

사실 그가 제주도에 온 것은 미숙이의 고집 때문만은 아니었다.

지난 1학기 동안 강진우의 존재를 지켜보면서 신전그룹 자체에 호기심이 들었다.

한때는 거대한 산을 마주한 듯 올려다봤지만, 문득 궁금했다.

분명 자동차 폭발은 신전이 주도했을 것이다.

범인이 누구인지를 지칭할 수는 없지만, 그 비자금 파일과 관련된 곳은 신전밖에 없을 테니까.

그렇다면 왜.

'왜 나는 죽어야 했는가.'

그게 궁금했다. 그걸 눈으로 확인해 보고 싶었다.

물론 언제까지고 신전에 얽매일 생각은 아니었다. 이들에게 또다시 얽매여서 인생을 낭비할 필요는 없으니까.

긴 시간을 복수라는 일념에 쏟을 필요도 없었다. 그건 무의미하고 쓸모없는 짓이다.

앞으로 숱한 인연이 생길 테고, 새로운 청춘과 젊음을 누릴 것이다. 물론 때로는 예고 없이 위기가 찾아올지도 모른다.

모든 것이 마치 처음처럼 다시 이어질 것이다.

그러니 새로운 인생을 살아야 한다는 얘기다.

'신전……'

이놈들 따위에 허비할 인생은 없다.

현호는 고개를 들어 달을 바라봤다. 어쩌면 낭만에 취한 걸지도 모르지만, 달을 향해 속삭였다.

"이대로 괜찮은 거겠지?"

"괜찮고말고요."

작지만 차분한 목소리가 들려왔다.

현호가 고개를 돌리니 쟁반을 들고 있는 전지우가 보였다.

그녀가 다가오며 미소를 보이자 현호는 말했다.

"몰래 듣는 법이 어디 있어요."

"저도 모르게 바라보게 되더라고요. 뭐랄까, 넋이 나간다고 할까요?"

진지우는 속마음을 감추지 않았다. 달을 바라보는 현호의 옆모습이 너무도 아름다웠다. 그게 사실이다.

바람이 스친 턱 끝, 살짝 오른 목젖이 만들어낸 울림, 그리고 투명한 눈.

그 모든 것이 그녀의 시선을 붙잡았다.

"자, 라면 대령입니다."

이번에는 그녀가 장난스러운 어투로 말하자 현호 역시 편하게 웃음을 지을 수 있었다.

"맛있게 드세요."

대리석 테이블에 놓인 쟁반에서는 맛있는 냄새가 모락모락 피어올랐다.

"잘 먹겠습니다. 후……."

바람이 조금 성가셨지만 현호는 젓가락을 손에 쥐었다. 자신이 밖에서 먹자고 고집을 피웠으니 어쩔 수 없었다.

후루룩.

"후와~ 끝내주네."

현호는 라면 한 젓가락과 국물 한 모금에 감탄사를 터뜨렸다.

"어떠세요? 전복이랑 문어를 넣었거든요. 꽤 시원할 거예요."

"하! 진짜 맛있네요."

현호는 머리끝까지 저리는 얼큰함에 고개를 내저으며 순식간에 라면을 비워냈다.

국물 한 방울까지 싹싹 비워내고 숨을 고르자 전지우가 물수건을 집어 그에게 내밀었다.

"고맙습니다."

현호의 입가에는 웃음이 떠나질 않았다.

뭘까.

회귀 후 이렇게 들뜬 적이 없었다.

전지우는 가만히 보고 있으면 눈웃음이 예쁜 여자였다.

간드러지는 웃음이 아닌 사람의 마음을 포근하게 하는 웃음이었다. 그리고 어깨를 사뿐히 덮은 고운 머리카락의 흩날림은 마치 부드러운 실크의 춤사위 같았다.

"아, 죄송해요. 일과가 끝나서."

현호가 그녀의 풀어진 머리카락을 보고 있자 그녀가 당황하며 머리를 하나로 묶으려 했다.

"아니에요. 그대로 둬요. 예뻐요."

불시에 속마음이 흘러나왔다.

평소의 현호였으면 자신의 말과 행동에 당황하지 않았을 것이다. 어찌 됐든 남들보다 한 번 더 사는 삶이니 주저할 게 없었다.

그런데 지금 순간 그는 당황했다. 예쁘다는 말에 전지우의 얼굴이 붉어졌고, 그 붉어진 모습에 그는 아차 싶었다.

"아, 죄송해요. 제가 함부로 얘기를 했네요."

그래서 오히려 이상할 정도로 사과를 하고 말았다.

"아녜요."

그녀는 다시 밝은 미소를 보였지만, 잠시 동안 서로는 어떤 말도 꺼내지 못했다.

어색한 침묵, 그리고 부드러운 바람.

이 바람마저 없었다면 아찔한 침묵만 감돌았겠지만 바람 덕에 언제까지고 이대로 있고 싶은 침묵이 되었다.

"도련님이랑은 많이 친하신가 봐요?"

"아니요."

현호는 단호히 고개를 저었다. 그 부분은 명확했으니까.

"서울로 돌아가면 다시는 만날 일도 없을 거예요."

질문의 의도와 달리 현호가 너무도 확신에 찬 얼굴로 말하자 전지우는 당황스러웠다. 무슨 말을 할까 하다가 조심히 물었다.

"그럼 왜 제주도에는……."

"하도 오라고 그래서, 제가 그랬죠. '그래, 알았어'라고."

"훗."

그녀가 픽 웃었다.

"원래 그놈이 청개구리잖아요. 그렇게 얘기했더니 오히려 뭐 씹은 얼굴이더라고요."

"후훗."

실제로 강진우는 현호가 제주도에 가겠다고 대답하자 얼굴이 잔뜩 굳어버렸다.

원래가 그런 놈이다. 상대가 거절하는 모습을 오히려 즐기는 녀석이었다. 그런데 갑자기 알겠다고 하니 그 즐거움이 사라져 실망한 것이다.

"그놈이 많이 힘들게 하죠?"

현호의 질문에 전지우는 미소만 지었다. 그 속내를 알기에 현호는 더 묻지 않았다.

아무리 싫다 한들 제 주인이니 입 밖으로 속 얘길 꺼내겠는가.

"이제 고등학생이시죠?"

전지우가 물었다. 그것은 마치 선을 긋는 것 같았다.

자신의 흔들리는 마음을 정리하기 위한, 또는 분명히 하기 위한 그녀 나름의 고육지책 같았다.

"고등학교는 안 갑니다."

"예? 왜… 왜요?"

"글쎄요."

"아쉽지 않으세요? 학창 시절은 두 번 다시 오지 않아요."

전지우는 현호의 말을 가볍게 받아들이지 않았다. 그녀는 심각하게 눈을 기울이고 타이르듯 얘기했다.

"그렇죠. 수학여행도 있을 테고, 운동회도 있을 테고, 축제도 있을 테고……."

"그런 즐거운 순간들은 평생 기억으로 남는 법이잖아요. 후회되지 않을까요?"

"남겠죠. 근데 어떤 선택을 하든 후회는 남지 않을까요?"

현호가 되묻자 그녀가 머뭇거리듯 말을 이었다.

"아까 들으니까 전교 석차 1등이라고……."

"그게 중요한가요."

현호는 나직이 속삭이고는 어둠을 응시했다.

별장 곳곳에서 풀벌레 울음소리가 퍼지기 시작하자, 잠시 눈을 감고 귀를 기울인 뒤에야 그는 얘기를 이어갔다.

"단란한 가족, 좋은 친구들, 전교 1등……. 이렇게 행복한 삶인데, 어떻게 된 게… 하루가 더할수록 허전하네요."

고등학교를 가지 않기로 결정한 것은 무의미한 시간들을 줄이자는 게 가장 큰 이유였다.

또한 학생이라는 신분은 그에게 여러 가지 제약을 줄 수밖에 없었다. 등에 날개를 달고도 날아오르지 못한다는 것은 안타까운 일임이 분명하다.

'하지만 정말 그뿐일까.'

이 행복한 삶 속에 현호는 이따금 공허한 외로움을 마주했다.

학교라는 공간은 숨 쉴 틈 없이 달려온 그에게 있어 따분할 정도로 느린 공간이었다.

마치 밤을 꼬박 새워 일한 뒤에 포근한 침대에 누워 깊은

잠에 빠진 기분이었다.

학창 시절, 친구들의 웃음소리, 잊었던 책상의 촉감, 흩날리는 교실의 먼지.

그리웠던 그 모든 것이 펼쳐진 꿈을 꾸고 있었다.

그러다 얼마 전에야 비로소 달콤한 한여름 밤의 꿈에 빠져들어 스스로가 내가 아닌 나로 살아가고 있다는 사실을 깨달았다.

이대로 있다가는 '차현호'라는 존재를 잊어버리게 될지도 모른다는 막연한 두려움도 떠올렸다.

알게 모르게 점점 '나'를 잃어가고 있었던 것이다.

지금도 충분히 만족하는 삶일지는 모르지만 실상은 꿈에서 깰까 두려워 눈을 질끈 감고 발버둥 칠 뿐이었다.

'이 아이……'

전지우는 눈앞에 있는 상대에 대한 생각을 이을 수가 없었다.

풀벌레 소리에 취한 것일까, 달빛과 구름이 만든 몽환일까.

마치 머릿속 사고가 멈춘 느낌이었다.

정신을 차리고 싶지만 입을 열면 그녀 자신도 모르는 속마음이 튀어나올지도 모른다. 참 이상한 밤이었다.

"비가 와서 그런가, 쌀쌀해지네요."

전지우는 애써 미소를 짓고는 시선을 돌려 별장 주위를 살폈다.

비록 신분은 이곳 고용인에 불과하지만 이 멋진 풍경을 늘

볼 수 있다는 것은 그녀의 삶에 있어서 행복임이 분명했다.

"제가 너무 시간 뺏었네요."

현호는 자리에서 일어났다. 입고 있던 카디건을 벗어 그녀의 어깨를 덮어주었다.

그 행동이 너무도 자연스럽고 부드러워서 전지우는 사양할 틈도 없었다.

"먼저 들어갈게요. 오늘 고마웠습니다."

현호는 전지우를 뒤로하고 별채로 발길을 돌렸다.

'후……'

그녀에게서 등을 돌리자 절로 한숨이 흘렀다.

너무 많은 얘기를 해버렸다. 또 너무 많은 생각을 했다.

이 이상 그녀를 마주하고 있으면 자신이 어떤 말을 할지, 어떤 행동을 할지 장담할 수가 없었다. 그래서 도망치듯 자리를 벗어나는 중이었다.

별채라지만 호텔에 맞먹는 규모.

현호는 로비를 지나쳐 2층으로 향하는 계단을 밟던 중에 걸음을 멈췄다.

로비 한편에 마련된 소파에 강진우와 양 비서, 그리고 염 조사관이 함께 있었다.

'뭐지?'

셋의 모습은 어울리지 않는 그림이었다.

현호는 잠시 이마를 찌푸리고 멈춰 섰지만 이내 다시 걸음을 뗐다.

강진우가 뭘 하든 더는 그와 상관없는 일이기 때문이다.

*　　　　*　　　　*

"그러니까 그쪽 말씀은 땅을 처분하는 데 있어 문제가 있다는 얘기죠?"

강진우가 다리를 꼬며 물었다.

염 조사관은 건방진 어린놈의 모습이 눈에 거슬렸지만 미소를 멈추지 않았다.

"그렇죠, 도련님."

지금 눈앞에 있는 상대가 누구인가.

자신을 서울로 올려줄 강성환 사장의 하나뿐인 아들 아닌가.

한마디로 이 녀석이 내미는 손이 비단보다 고운 손이란 얘기였다. 하니 나이가 어린 것은 전혀 문제 될 게 없다.

"아이고, 처음부터 도련님에게 얘기할 걸 그랬습니다. 다른 분들은 왜 그렇게 일들을 어렵게 하시려는 건지."

염 조사관은 적당히 강진우의 비위를 맞췄다. 그는 언제든 아랫사람 특유의 시선과 자세로 강진우의 가려운 곳을 긁어줄 준비가 돼 있었다.

"어떤 문제인데요?"

"그게 말입니다."

현재 강성환은 20만 평 규모의 서귀포 농지를 처분하려 하고 있었다. 10년 전에 개발을 염두에 두고 강성환이 개인 자산으로 매입한 땅이었다.

물론 그 당시에 신전 측에서 주도해 여러 조사가 이어졌고, 세금 등의 조건을 고려하여 현지인의 명의로 매입해 둔 땅이었다.

하지만 문제는 제주도 땅값이 늘 비등비등한 상태인 데다, 애초 계획했던 펜션 개발 계획이 호텔 인수와 카지노 유치에 성공하면서 큰 의미가 없어져 버렸다는 것이다.

그러니 당장 땅을 놀리는 것보다는 정리를 하는 것이 강성환 개인에게는 좀 더 효율적인 일이었다.

"아시다시피 땅을 판다는 것은 세금이 붙는다는 얘기입니다. 부동산을 팔게 되면 양도소득세가 발생하게 되니까요."

"그렇죠."

"한데 그 세금을 줄일 수 있는 방법이 있다면 당연히 그 방법을 택해야 하는 거 아닐까요?"

염 조사관의 설득에 강진우는 고개를 끄덕였다.

"근데 그 방법이라는 게 요건이 있다 보니까……."

"요건이요?"

강진우는 자신이 모르는 분야임에도 불구하고 마치 결정을 할 수 있는 위치에 있다는 시선으로 팔짱을 낀 채 물었다.

지금 그는 16살의 어린 나이에 불과하지만 여기 '신전'에서 나이는 중요치 않다.

할 수 있으면 하는 것이고, 못 하면 도태될 뿐이다.

"아시겠지만, 8년 자경농지 감면법이라는 게 있습니다."

염 조사관은 굳이 '아시겠지만'이라는 얘기로 이야기를 시작했다. 물론 강진우의 비위를 맞춰주기 위해서였다.

아무리 재벌가 자제라지만 뱃속에 능구렁이 한 마리가 똬리를 틀고 있는 염 조사관에게는 구슬리기 쉬운 어린아이일 뿐이었다.

"8년 자경… 감면이요? 자세히 좀 얘기해 보세요."

"뭐, 예를 들어 이런 겁니다. 8년 이상 농지를 보유하면서 농사를 지은 사람에게는 세금 감면 혜택을 주는 겁니다. 한마디로 투기 목적이 아닌 실사용 목적이라고 인정해 주는 거죠."

"혜택이라… 얼마나?"

"최대 3억입니다."

"3억이요?"

강진우가 눈을 살짝 찌푸렸다.

"흠… 꽤 되네."

현재 해당 농지는 평당 4~5천 원 수준이다. 20만 평이면 10억 원 수준에 거래가 이뤄졌다는 것이다.

그 10억에서 부과될 수 있는 세금을 최대 3억까지 절세해 준다는 것이니 충분히 실효성 있는 얘기였다.

물론 먼 훗날에야 돈 3억 정도는 성인 강진우가 호스티스

가랑이 사이에 꽂아주는 용돈 정도에 불과하지만, 1991년인 지금의 3억은 그 가치를 비교할 수가 없다.

"제가 알아보니까, 10년 전 매입하신 농지가 평당 2천 원 정도였어요. 그 말인즉, 지금이랑 그때랑 두 배 이상, 그러니까 근 6억~7억 가까이 시세 차익을 실현하는 것인데, 이렇게 되면 세금 3억은 그냥 맞습니다."

"그래요?"

강진우는 말꼬리를 올리며 얘기를 꺼낸 염 조사관이 아닌 양 비서를 바라봤다.

양 비서도 어느 정도는 회사 돌아가는 상황은 알고 있었다. 또한 양 비서라는 존재는 강성환이 자신의 핏줄을 위해 붙여 준 대리인과 같았다.

강진우를 지켜보며 도움을 줄 수 있으면 주고, 무모하면 저지시킨다.

그것이 양 비서의 존재 이유였다.

"도련님, 제가 한 말씀 드리겠습니다."

양 비서가 입을 열자 염 조사관이 마른침을 꿀꺽 삼키며 허리를 꼿꼿이 펴고 그를 바라봤다.

"좀 전에 조사관님이 언급한 8년 자경은 저희도 염두에 둔 일입니다. 그래서 이미 10년 전에 땅을 매입했을 때, 사장님의 지인께서 직접 매입했던 거고요. 그렇다는 말은 이미 세금 감면 조건은 충족이 됐다는 얘기입니다."

양 비서가 똑 부러지게 말했다. 하지만 그 말에 염 조사관이 비릿한 미소를 끌어 올렸다.

"뭐, 틀린 얘기는 아닙니다. 강성환 사장님… 아니, 사장님의 그 지인분께서 그런 실수를 하셨을 리 없죠. 제출하신 자료에도 분명 나와 있는 사실이고."

"그럼 뭐가 문제죠?"

강진우가 여유롭게 물었다. 마치 양 비서가 아는 내용을 자신도 알고 있었다는 듯이 말이다.

"문제는 명의상 소유주인 그 지인분입니다."

"그게 무슨……."

"8년 자경이 성립되려면 주민등록상 30킬로 이내에서 거주해야 하고, 해당 농지에서 실제로 농사가 지었다는 증명이 필요합니다. 좀 더 확실하게 하자면, 농지원부에다 비료, 농약 등의 구입 내역이 있으면 더 좋고요. 아무래도 이 8년 자경이라는 게 요건이 충족되는 시기 동안에는 다른 소득도 제한을 둘 만큼 좀 까다로운 게 아니라서 말이죠."

염 조사관이 언급한 내용은 훗날 완화되지만 이 당시에는 엄격한 기준이 있었다.

"그래서 하고 싶은 얘기가 뭔가요?"

이번에는 강진우가 아니라 양 비서가 직접 나서 물었다.

자꾸만 빙빙 돌려 얘길 하는 염 조사관의 속내가 못내 불쾌했기 때문이다.

"뭐, 매매하신 농지 규모도 큰 데다, 그래서인지 제출하신 자료도 꽤 꼼꼼하고⋯⋯. 그런데 진짜 문제는 세금을 피하려고 해당 농지에 이름을 올린 그 지인이란 분께서도 실제로는 농사를 짓지 않았다는 거죠. 자료들도 솔직히 하나같이 미심쩍고."

"무슨 소리입니까? 몇 번이나 확인을 마친 자료들인데."

양 비서가 눈을 찌푸렸다.

해당 농지가 현지인의 명의라지만, 염 조사관이나 양 비서나 이 땅이 강성환 개인 소유라는 것은 피차 서로가 알고 있는 사실이다.

물론 강성환의 개인 자산이지만 엄밀히 말해 이 일은 강성환 사장의 지시를 받고 신전이 관리와 진행을 하고 있는 것이다.

개인의 자산과 회사의 자산은 분리되지만, 사실 어차피 회사가 존재하는 것은 주인의 돈을 늘리기 위해서이니만큼 신전이 사장의 개인 자산에 직접 움직이는 것은 이상한 일이 아니었다.

단지 이 같은 과정을 누군가 입 밖으로 꺼내는 것과, 뉘앙스로 유추하는 것에는 분명한 차이가 있다.

전자와 후자의 차이로 인해 문제 발생 시 일에 대한 책임 소재가 갈리기 때문이다.

'후⋯ 양 비서라⋯⋯. 이놈도 좀 까다롭네.'

염 조사관은 강성환 사장의 아들과 양 비서란 놈을 눈에 담았다.

실은 지금까지의 내용은 좀 전에 강성환 사장의 수행 비서인 김 실장이라는 남자와 직접 나눈 대화였다.

한데 김 실장과 대화를 나누는 중에 방에 여자가 들어왔다.

그 여자는 분명 수영장에서 강성환 사장에게 들어가 쉬어야 된다고 첨언을 했던 여자였다.

'대체 그 여자는 누구지?'

여자는 마치 결정권자인 것처럼 염 조사관에게 이만 나가보라고 했다.

그 농지와 신전은 아무 상관도 없으니 얘기를 들을 이유가 없다는 것이다.

그러자 김 실장이라는 남자도 머뭇거리더니 방문을 열어서 염 조사관을 내보냈다.

결국 쫓겨나듯이 방을 나와서 걸음을 옮기는 중에 강진우를 발견하고는 냉큼 달라붙은 염 조사관이었다.

'뭐, 지금 그게 중요하겠어?'

염 조사관은 잠시 떠올렸던 여자에 대한 생각을 뒤로하고 혀를 날름거려 입술을 적셨다. 지금은 다른 데 정신이 팔려선 안 된다. 눈앞의 비단 길을 꽉 붙들어야 한다.

"오해하지 마시고요, 제 말은 그러니까, 제출하신 자료가 문제라는 거죠."

그 말에 양 비서가 더 이상 반박하지 않자 염 조사관은 수줍게 드러난 미소를 억지로 참아내야 했다.

강진우 역시 기대를 갖고 양 비서를 바라보던 시선을 찌푸리고, 다시 염 조사관을 향해 고개를 돌렸다.

"그래서 염 조사관님이 그 문제의 답을 얘기해 주시지는 않을 것 같고, 직접 답을 풀겠다, 이 말이겠죠?"

강진우가 핵심을 짚었다.

비록 현호에게는 매일 발리는 수준이었지만 그도 전교 2등의 수재였다.

"역시 도련님입니다."

염 조사관이 제 무릎을 탁 하고 내려쳤다. 감탄해 마지않는다는 제스처였다.

"또 그 문제를 해결해 주시는 데 있어 대가가 필요하겠군요."

역시다. 염 조사관은 속으로 쾌재를 불렀다.

'이놈을 붙잡길 잘했어.'

사실 염 조사관이 발견한 문제는 아주 사소하지만 치명적인 부분이었다.

이 건도 실은 그가 맡은 게 아니었다.

제주세무서로 발령을 받고 나서는 하루하루가 절망의 수렁이었다.

출세를 위해서는 서울로 올라가야만 했다. 그에게 이곳은 유배지와 다름없었다.

'그때 그 어린 새끼!'

그 국민학생 어린놈 하나 때문에 인생이 나락으로 빠졌다.

그렇게 억울한 가슴을 끙끙 앓던 차에 세무서에 신전전자 사장의 양도세 신고가 들어온 것이다.

물론 명의상 현지인이 소유주이니만큼 강성환이 드러나지는 않았지만, 왜 소문이라는 게 있잖은가.

그 사실을 알게 된 염 조사관은 유레카를 외쳤다.

거물의 등장이다.

잘만 하면 그 거물을 뒷배로 둘 수도 있다는 얘기였다.

그래서 염 조사관은 자신이 직접 담당을 자처했고, 제출한 서류 내역을 꼼꼼히 살폈다.

빠르게 일 처리를 해주기 위해서?

당연히 아니었다. 어떻게든 꼬투리를 잡기 위해서였다.

그래야만 그 꼬투리를 쥐고 협상이 가능할 게 아닌가.

그 협상의 목적은 바로 서울행이자 신전이라는 거대한 뒷배를 두는 것이었다.

자신을 쫓아낸 서울로 금의환향하는 것이다.

'이제 이 꼬마 놈이 강성환 사장에게 얘기만 전해주면.'

물론 이는 굉장히 위험한 일이다.

결국에 신전이 제안을 받아들이지 않는다면 염 조사관은 꼬투리를 가지고 세금을 부과할 것이다.

한마디로 왕을 찌르고 가시밭길을 가느냐, 아니면 왕의 신임을 받고 훨훨 나느냐의 갈림길이다.

어찌 됐든 그렇게 눈에 불을 켜고 찾아낸 바로 그 꼬투리.

"제 말이 틀렸습니까?"

강진우가 재차 묻자 염 조사관은 미소를 끌어 올렸다. 입꼬리는 귀에 걸쳤고, 눈은 뒤집어진 초승달처럼 기울었다.

*　　　　　*　　　　　*

"안 돼."

그 단호한 목소리에 강진우는 눈을 찌푸렸다.

그는 일그러지려는 표정을 억지로 참고, 안 된다 선을 그은 사람을 향해 물었다.

"왜요?"

"우리 신전은 염 조사관이라는 사람하고 거래할 이유가 없어."

그녀는 표정 하나 바꾸지 않고 말했다. 심지어 강진우를 쳐다보지도 않았다.

그저 책상에 앉아서 보고 있던 서류 한 장을 넘기며 붉은 입술만 움직일 뿐이었다.

"아버지 땅이잖아요?"

"이 땅은 사장님 개인의 땅이지 회사의 땅이 아니야."

"회사는… 어차피 아버지를 위해, 우리를 위해 존재하는 거잖아요?"

강진우가 미간을 꿈틀대며 볼의 떨림을 삼키고 물었다. 아무리 생각해도 그녀의 말을 이해할 수가 없다.

"회사는 수많은 사람들의 일터야. 아버지가 회사를 일궈낸 것은 역량을 발휘해 회사의 성장에 일조한 것이지, 아버지 혼자만이 이뤄낸 것이 아니야. 회사는 그들 모두의 일터야."

지극히 교과서적이고 낭만적인 얘기였다.

하지만 강진우는 못마땅한 시선으로 그녀를 바라봤다.

자신의 배다른 남매이자, 인생에서 오직 하나뿐인 걸림돌, 강설희를.

"그리고 말이야."

강설희가 보고 있던 서류를 내려놓고 일어났다.

책상에서 벗어나 강진우에게 한 발 다가왔다.

그녀는 평소에도 자신의 방에 강진우가 들어오면 불쾌하다고 대놓고 면전에 얘기하는 사람이었다.

"너, 지금 누가 우리야?"

"그, 그건……."

강진우는 대답을 망설였다.

강설희를 죽이고 싶을 정도로 저주하지만, 아직까지는 그녀가 가진 힘이 그의 힘보다 월등했다.

강진우가 신전전자 사장의 하나뿐인 아들이라는 사실은 분명하다.

하지만 이는 아버지 강성환이 밖에서 또 다른 아들을 데려오면 의미가 없어진다.

그러니 지금은 신전뿐 아니라 '삼현그룹'이라는 외가를 등에 업고 있는 강설희가 이 신전의 차기 주인일 수밖에 없었다.

　세상에는 두 가지 종류밖에 없다.

　'주인과 개.'

　지금 강진우는 개였다. 강설희 앞에 서면 스스로가 개가 되는 걸 주저하지 않았다.

　언젠가는 주인이 돼서 그녀를 물어 찢겠다고 다짐하면서.

　"미, 미안해요, 누나."

　"그래, 미안해해야지. 근데 참, 너희 어머니 대단하더라."

　"예?"

　"아들은 여기에 버려두고, 파리에서 잘나가시던데? 왜 그 배우 누구더라? 아, 장 폴 발몽드인가? 그 배우하고 염문설도 있던데……. 역시 잘나가는 모델은 뭐가 달라도 달라. 그치?"

　"…예."

　어금니가 아스러질 것 같았다.

　"진우야."

　그녀가 강진우를 불렀다.

　"예?"

　"다시는 함부로 집안일에 끼어들지 마. 학생은 학생으로서의 본분을 지켜야지. 안 그래?"

　그러는 그녀 역시도 학생이다.

　진우보다 겨우 두 살 많은 여자였다.

하지만 그게 뭔 차이가 있냐고 따질 수는 없었다. 순순히 고개를 끄덕이는 수밖에는.

"예, 알겠습니다."

그런 강진우를 뒤로하고 강설희는 방을 빠져나갔다.

그녀가 나가고 홀로 남게 되자 강진우는 온몸을 바들바들 떨었다. 이곳이 그의 방이었으면 안에 있는 모든 것을 부서뜨렸을 것이다.

하지만 지금 순간 그는 새장에 갇힌 새보다 더 못한 신세였다.

날갯짓 한번 할 수 없어 바들바들 떠는 것이 전부였다.

"으아!!!"

자신의 방으로 돌아온 강진우는 모든 걸 때려 부수기 시작했다.

그마저도 강설희와 아버지가 별장을 떠나 신전호텔로 돌아갔다는 사실을 알고 나서 시작한 행동이었다.

"으아아아!!"

다 부순다. 다 부숴 버린다.

책상이며 침대며 가구며 TV까지 죄다 부숴 버린다.

어차피 다 부서져도 내일이면 별장 고용인들에 의해 원상복구될 것이다.

강진우는 이 미친 짓거리라도 하지 않으면 산송장이나 다름없었다.

"허… 허… 허……."

모든 기운을 쏟아내고 지친 숨을 몰아쉬자, 그제야 인기척을 깨달을 수 있었다.

차현호였다. 녀석이 문에 기대서 그를 바라보고 있었다.

"시끄러워서 잠을 잘 수가 있어야시."

현호는 땀에 젖은 강진우를 향해 말했다.

저렇게만 보면 영락없이 미친놈이지만 그래도 현호의 이전 삶에서 강진우는 인기가 제법 많았던 녀석이다.

재수는 없지만 잘생긴 놈이란 얘기다.

'썩을 새끼. 생각만 제대로 박혔어도…….'

그랬다면 진짜 친구가 됐을지도.

'젠장, 또 무슨 생각을.'

현호는 고개를 내저었다. 끼고 있던 팔짱을 풀고, 주머니에 손을 꽂으며 강진우에게 다가갔다.

"그만해라. 다들 깼다."

별채 내 고용인들 모두가 비상대기 상태였다. 다만 현호가 아니고는 다들 이 방에 올 엄두를 못 냈을 뿐이다.

"하… 하… 미안하다."

강진우는 손에 쥔 야구 배트를 내던졌다.

콰장창.

그는 기어이 유리창 하나를 더 박살 내고서야 머리카락을 쓸어 올렸다.

"그냥 운동이 좀 하고 싶어서."

"그래. 운동 끝났으면 씻고 자라."

현호는 더 이상 강진우와 얘기를 섞고 싶지 않았다. 녀석의 근원적인 문제점을 대화를 통해 알아볼까도 싶었지만, 의미 없는 일일 뿐이다.

"저기, 현호야."

뒤돌아선 현호를 강진우가 불렀다.

"왜?"

"한잔하자."

"뭐?"

"부탁이다."

강진우는 부탁이라는 말을 서슴없이 꺼냈다. 그가 누군가에게 부탁을 한다는 것은 매우 드문 일이다.

"늦었다. 자라."

"나, 강진우야. 이렇게까지 부탁하고 있잖아."

강진우는 뒤돌아서려는 현호의 팔을 붙잡았다.

잠시 서로가 눈이 마주치고서야, 현호는 이내 입맛을 쩝 다셨다.

"우선 씻어. 로비에 있을게."

"그래."

강진우가 미소를 보이며 샤워실로 들어갔다.

현호가 방을 나와 로비로 내려오자 한데 모여 있던 별채 고용인들의 시선이 우르르 그에게 닿았다.

"다들 들어가 주무세요. 내가 저 녀석 술 한잔 먹여서 재울 테니까."

현호는 양 비서에게 다가가 말했다.

16살의 학생이 하는 말치고는 어이가 없겠지만 다들 수긍하고 고개를 끄덕였다.

오히려 다들 각자의 방으로 돌아가면서 현호를 두고 고개를 갸우뚱했다.

"이상하단 말이야. 도련님이 하는 말은 그냥 넘길 수가 없어."

"뭐, 어때. 진우 도련님이 술 마시는 게 하루 이틀이야? 제주도만 내려오시면 입에 대는 게 술이잖아."

"아니, 진우 도련님 말고 저 현호 도련님. 생긴 게 완전 연예인이더라."

"이 여편네가 또 눈 돌아가는 것 봐?"

"호호, 오늘 잠 다 잤지 뭐야. 이 뜨거워진 마음을 어떻게 해~ 호호호."

가벼운 웃음소리가 짧게 퍼지자 뒤를 따르던 전지우는 문득 걸음을 멈춰 고개를 돌렸다. 그녀의 시선이 로비에 서 있는 현호를 담았다.

두근, 두근, 두근.

'내가 왜 이러지…….'

　　　　　　*　　　　　*　　　　　*

"그러니까 말이야……. 씨발, 내가 그렇게 잘못했냐?"

강진우는 혀가 풀려 있었다. 제대로 술기운이 오른 듯했다.

어린놈들이 소위 자랑 삼아 2병을 마시네, 4병을 마시네 하는 것은 대부분 헛소리다.

제대로, 그것도 저리 빠르게 마시면 어른이라도 소주 한 병에 훅 가는 게 당연하다.

'애는 애구나.'

현호는 쓰디쓴 미소를 삼키며 양주잔에 얼음을 채웠다.

온더록스는 한때 현호가 가끔 즐기는 취미였다.

달그락달그락.

얼음의 부대끼는 이 소리가 듣기 좋다.

"현호야……. 우리 현호야……. 내가 좋아하는 현호야……."

지금 강진우의 모습은 아주 오래전 현호의 모습이기도 했다. 정반대의 상황이라는 것이다.

그때의 현호는 강진우의 비위를 맞추려 노력했고, 힘든 집안 사정 탓에 강진우라는 재벌가 아들의 유혹은 외면하기 힘들었다.

비록 녀석이 크게 도움 준 것은 없어도 녀석의 거침없는 씀씀이와 가끔 베푸는 향응은 현호의 지친 삶에 있어 큰 위로이자 하사품이었다.

"내가 잘못했냐? 내가 세금 3억, 챙겨 준다잖아? 내야 될 거 안 내게 해준다잖아……. 그냥 그 염 조사관인가 뭔가… 그냥 서울에 보내자고. 그거 어렵지 않잖아?"

그래, 어렵지는 않은 일이다.

하지만 사람을 밀어준다는 것은 한 번으로 끝나지 않으며, 돈 3억에 비할 게 아니다.

어디 염 조사관이 한 번으로 만족할 인간인가.

그걸 강진우의 누나는 잘 알고 있고, 이 녀석은 모르는 것뿐이다.

현호는 대충 강진우의 술주정을 들으며 염 조사관의 속내를 알 수 있었다. 군이 생각하지 않아도 염 조사관이 여기에 발길을 들인 이유는 뻔한 거니까.

"이 씨발, 딱 하나야."

갑자기 강진우가 술잔을 던졌다. 현호는 한 번의 눈 깜빡임도 없이 물었다.

"뭐가?"

"이유는 딱 하나라고. 왜 누나가… 아니, 그 고귀하고 대단하신 분께서 나 같은 놈에게 태클을 걸겠어……. 안 그래? 딱 하나… 내가 아버지 눈에 드는 게 싫은 거야."

"훗."

현호는 픽 웃었다.

'이놈아, 네 누나의 반만 닮았어도 넌 이미 후계자로 점찍혔

을 거다.'

어차피 강설희는 후에 자살로 생을 마감한다.

'아, 깜빡 잊고 있었네.'

앞서 현호는 강진우의 재촉에 제주도에 오기로 결심을 했다.

물론 미숙이가 난리 친 이유도 있었지만, 이제는 강진우와 매듭을 지어야겠다는 의도도 있었다.

하지만 한 가지 이유가 더 있었다.

베일에 싸인 강진우의 누나를 한번 보고 싶다는 게 그 이유다.

현호가 기억하는 한, 그녀는 머지않아 스스로 생을 마감한다.

그 시기도 얼추 알고 있었다.

그때가 강진우와 눈이 맞은 현호의 첫사랑이 그를 뺑 찬 시기였고, 이에 절망에서 그가 군에 지원한 시기와 맞물렸기 때문이다.

당시 이유는 모르겠지만 강설희는 뉴욕에서 유학 중 생을 마감했다. 그랬기에 현호가 그녀를 마주한 적은 단 한 번도 없었다.

그래서 지금 강진우가 얘기하는 강설희의 실제 모습은 알지 못했다.

그리고 오늘 역시도 현호는 바람을 쐬러 잠시 별채 밖으로 나갔던 순간을 제외하고는 미숙이 곁에 있느라고 강설희를 마주할 시간이 없었다.

'궁금하긴 한데.'

한번 보고 싶었다.

그녀가 누구인지, 어떤 사람인지 궁금해서라기보다는 그저 단순한 호기심이라고 할까.

어찌 보면 시간의 괴리를 마주할 수 있겠다는 생각도 어렴풋이 떠올렸었다.

이전의 삶에서 그녀는 이미 죽고 없었던 사람이니까. 그런데 지금은 살아 있으니까.

"씨발, 그냥 죽어버렸으면 좋겠어."

강진우가 나직이 속삭였다. 하지만 현호의 귀에는 분명히 들렸다.

그게 이 어린 녀석의 진심이라는 것은 깊게 생각하지 않아도 알 수 있었다.

'…달라지는 게 없네. 그때나 지금이나 강진우는 그대로구나.'

현호는 헛웃음을 지으며 강진우를 바라봤다.

녀석의 눈에는 초점이 사라져 있었다. 현호는 문득 장난을 쳐 보고 싶었다.

"강진우."

"응? 왜?"

"너 말이야, 너희 누나 죽으면 네가 후계자가 될 수 있을 거라고 생각해?"

"그… 게 무슨 말이야? 당연한 거 아니야? 나 말고 여기 누가 있냐고!"

"그래?"

"그럼! 나 말고 여기 누가 있냐고!"

녀석이 고함을 친다. 마치 별채 내 고용인들에게 자신의 존재를 인정하라는 듯 큰 소리로 외치고 있었다.

하지만 정확히는 지금이 아닌 훗날에 강진우 말고 누가 또 있냐를 따져야 할 것이다.

신전전자의 강성환 사장, 아니 훗날 신전그룹 회장으로 우뚝 설 그는 철두철미한 것도 있지만 매우 신중한 사람이었다.

그는 자신의 아들인 강진우의 한계를 익히 알고 있었고, 그래서 그를 차기 후계자 경쟁에 불러들이지 않았다.

강진우는 그저 신전에 붙어 있는 장식품일 뿐이란 얘기였다.

하는 일은 뒤치다꺼리 수준으로 계열사 하나를 받은 것도 녀석에게는 과분할 정도였다.

그렇다고 강진우가 불쌍하냐면 그것도 아니다. 이 자식은 그 불쌍함의 정도를 뛰어넘는 쓰레기다.

난봉꾼에, 도박꾼에, 바람에, 여자나 때리는 쓰레기.

"그래, 알았다. 부디 그러기를 바란다."

"당연… 하지. 나, 강진우야."

결국 강진우는 곯아떨어졌다.

현호는 술에 취해 고개를 숙이고 있는 녀석에게 다가갔다. 그리고는 무릎을 구부리고 녀석을 바라봤다.

그나마 녀석의 얼굴은 술을 마셨다고 볼 수 없을 만큼 멀쩡했다. 심지어 냄새도 안 났다.

하긴 훗날 그렇게 유흥업소를 들락거릴 정도이니.

'쓰레기 자식……. 에휴… 자식아.'

착잡한 마음이 든다.

손을 들어 따귀 한 대라도 때릴까 싶었던 현호였지만, 강진우의 볼을 툭툭 두어 번 두드리고 일어났다.

"너 하나 어떻게 한다고 내 인생이 다시 돌아오지는 않겠지. 그래, 여기까지다. 너하고 인연은 여기 제주도에서 끝이다."

어차피 술에 취한 놈이 귀를 열고 있을 리 없으니 속삭이며 속마음을 읊었다. 그것은 강진우가 아닌, 스스로에게 다짐하는 얘기이기도 했다.

이제 신전은 계속 커질 것이다. 그걸 현호가 막을 수는 없다.

일개 개인이자 중학생이 막는다는 것은 헛된 망상에 불과하다.

그러니 지금은 한발 물러나 있겠다.

'하지만 언젠가는…….'

현호는 마음속에 그 같은 생각을 고이 접어두고 강진우에게서 벗어났다.

*　　　　*　　　　*

날이 밝자 현호는 이른 아침부터 움직였다.

제주도의 여름 아침 공기를 서둘러 마시고 싶었기 때문이다.

그렇지만 별채의 고용인들은 그보다 훨씬 부지런한 듯했다.

"일어나셨습니까?"

"예, 덕분에 편하게 잤습니다. 오늘도 잘 부탁드립니다."

인사를 해오는 이들에게 그 역시도 깍듯이 마주 인사하며 별채에서 나왔다.

쉭, 쉭, 쉭.

때마침 잔디밭 곳곳에 설치된 스프링클러가 일제히 시원한 물줄기를 뿜었다.

파도가 만들어낸 바람으로 인해 물줄기는 아지랑이처럼 춤을 췄다.

감상에 젖어 그 모습을 보고 있는데 누군가 그를 불렀다.

"일어나셨습니까."

고개를 돌리니 조금 떨어진 곳에서 양 비서가 보였다. 세차 중이었는지 물이 콸콸 쏟아지는 고무호스를 손에 쥐고 있었다.

"안녕하세요."

현호는 미소를 띠고 있는 양 비서에게 다가갔다.

사람의 미소와 눈을 보면 전부는 아니더라도 그 사람에 대해서 어느 정도는 짐작할 수가 있다.

현호가 보기에 양 비서는 괜찮은 사람이었다.

물론 이전 삶에서도 양 비서를 본 적이 있었다. 비록 대화를 나눌 정도의 위치는 아니었기에 한두 번 강진우 곁에 있는 모습을 스쳐봤을 뿐이지만.

"현호 도련님은 부지런하시네요."

으레 있는 얘기였다. 딱히 서로가 나눌 말은 없었다.

"어디 가시나 봐요?"

"실은 어제 도련님이 스포츠 클라이밍을 가자고 하셔서 준비는 하고 있는데, 아무래도……."

양 비서는 미소와 함께 말꼬리를 흐렸다.

강진우가 술에 취해 자고 있으니 클라이밍(암벽등반) 일정은 취소될 게 분명했다.

"클라이밍이요?"

하지만 현호는 호기심이 들어 물었다. 그러자 양 비서가 트렁크를 열어 보였다.

그 안에는 스포츠 클라이밍에 필요한 레펠 밧줄과, 암벽 신발, 카라비너(연결 고리), 그 밖의 장구류들이 있었다.

"진우 도련님의 취미가 스포츠 클라이밍이거든요. 여름방학에 제주도에 오시면 날 잡아서 며칠이고 산에 가시고는 합니다."

"그래요?"

"현호 도련님도 해보셨나요?"

"클라이밍이요?"

"예."

"아니요. 하지만 레펠 밧줄은 익숙하네요."

현호는 손을 뻗어 레펠 밧줄 끝을 매만지며 피식 웃었다.

'병장 차현호.'

비록 특전사는 아니더라도 특전병 출신으로서 공수 훈련은 숱하게 받았다. 그때 얼마나 힘들었었는지.

'으, 이번에는 군대 가지 말자.'

또 군대에 갈 생각을 하니 몸서리가 쳐진다.

양 비서는 갑자기 미간을 찌푸리고 있는 현호를 바라보며 가늘게 눈을 기울였다.

'이상한 친구네.'

진우 도련님과 동갑이라면 16살인데, 하는 행동, 말투, 몸짓 들이 예사 학생의 수준이 아니었다.

미숙이라는 여자아이의 일도 대충 전해 들었지만, 솔직히 그 상황이라면 어른도 당황스러웠을 텐데, 이 소년은 매우 침착하고 분별력 있는 행동을 보였다고 한다.

"근데 지난밤에 도련님하고는 무슨 얘기를 나누셨습니까?"

양 비서가 물었다.

현호는 레펠 밧줄을 손에서 놓고 대답 대신에 질문을 건넸다.

"진우하고, 누나라는 분하고 사이가 많이 안 좋은가 봐요?"

"아……."

일순간 당황하는 모습이었지만, 양 비서는 다시 미소를 끌어 올렸다.

"아무래도 사정이 좀 있어서."

"둘의 어머니가 다르다는 건 저도 알고 있습니다."

"에?"

양 비서는 당황스러웠다. 이 아이가 그 사실을 어떻게 알았을까.

도련님이 얘기를 했을 리가 없는데.

"그 때문에 누나라는 사람이 진우를 많이 못마땅하게 보나 보죠?"

"그건 아닙니다. 물론 사정이 있기는 하지만."

대답을 회피하려는 듯, 양 비서는 트렁크를 닫았다.

현호는 살짝 물러나며 다시 물었다.

"누나라는 분은 어떤 사람인가요? 진우는 누나를 아주 안 좋아하는 것 같은데."

"글쎄요……. 한 가지 확실한 것은 좋은 분입니다. 똑똑하시고, 미래가 기대되는 인재입니다."

"그런가요? 근데 왜 그렇게 진우에게는……."

현호는 얘기를 하다 말고 멈췄다. 양 비서가 자세를 갖추고 자신을 마주 봤기 때문이다.

그 얼굴은 계속된 질문을 끝내고 싶다는 시선이었다.

"이런 얘기를 드려도 될지 모르겠지만, 영애님과 도련님 두 분 다 상처가 있으신 분들입니다. 영애님이 도련님에게 억지로 하는 모진 말, 행동에 오히려 상처를 받으시는 게 영애님 자신입니다. 또 진우 도련님은……. 죄송합니다. 제가 쓸데없는 말을 했네요."

왜 그랬을까.

양 비서는 지금 순간 자신이 꺼낸 얘기에 당황스러웠다. 생각지도 못하게 쓸데없는 말을 지껄였다.

"그래서 진우가 어른들 앞에서 막말을 하고, 술을 마시고, 저렇게 엉망진창으로 행동을 해도 모른 체하는 겁니까?"

갑자기 현호가 날 선 어투로 묻자 양 비서는 입안에 고인 침을 삼키려 꿈틀꿈틀 목을 움직였다.

'틀린 얘기는 아니지.'

소년의 말처럼 진우 도련님의 행동은 도를 넘어선 게 사실이다.

하지만 이 별장에서가 아니라면 그는 자유로울 수가 없다.

그 어머니라는 사람은 자식을 이 신전에 버려두고 자유를 찾아 사는 사람이고, 아버지 강성환뿐 아니라 신전가(家)의 누구도 그에게 신경을 쓰질 않는다.

그래서 도련님은 혼자였고, 본가에서는 기침 한 번에도 입을 틀어막을 정도로 조용히 있어야 했다.

"지금이라도 늦지 않았어요. 누구라도 막아서야 합니다."

이번만은 현호도 해묵은 감정을 버리고 진심으로 얘기했다.

성인 강진우가 아닌, 16살의 강진우는 아직 기회가 있을지도 모른다.

하지만 이번에도 양 비서는 입가에 미소만 그릴 뿐 입을 열지 않았다.

그 모습에 현호는 대답 듣는 것을 포기했다.

현호는 고무호스를 다시 쥐려는 양 비서에게 찌푸린 얼굴로 한마디를 툭 건네고 뒤돌았다.

"세차는 그만하세요. 어차피 일어나지도 못할 텐데."

그런데 현호는 다시 걸음을 멈추고 양 비서를 돌아봤다.

"설마 운전도 하는 건 아니죠?"

양 비서가 세차를 하는 모습을 보고 설마하니 강진우가 운전을 하겠냐는 생각이 스친 것이다.

한데 놀라운 건 양 비서의 얼굴에 긍정도, 부정도 나타나지 않았다는 점이다.

'기가 막히네.'

현호는 어이가 없었다.

여기 신전에는 정신이 올바르게 박힌 사람이 이렇게까지 없다는 말인가.

"제가 곁에 있을 때만 연습 삼아 하시곤 합니다."

양 비서는 변명하듯 입을 열었다. 왜인지 이 소년 앞에서는 거짓말도 쉽게 나오질 않는다.

"그게 말이 된다고 보시나요?"

소년은 질책이 담긴 시선으로 되물었다.

그 시선에 양 비서는 입술이 바싹 타는 느낌이었다. 그 때문에 마른침만 힘껏 삼킬 뿐이었다.

비록 16살 어린 친구지만, 외모만 봐서는 대학생이라고 해도 이상하지 않았다.

아마 내년이 되면 그 외모가 더 두드러질 것이다.

"그 부분은 현호 도련님이 신경 쓰실 일이 아닙니다."

"신경 쓸 생각 없습니다. 그냥 묻는 겁니다. 하도 어이가 없어서요."

현호는 눈 한번 깜빡이지 않았다.

상대가 자신을 어린애로 생각하든 뭐로 생각하든 더는 상관없었다. 그만큼 충분한 시간을 거쳐 왔으니까.

"아무 일 없을 겁니다. 그러려고 제가 있는 거니까요."

양 비서는 확신에 찬 어조로 대답했다. 그때 현호의 눈썹이 기울었다.

'뭐지?'

지금 순간 양 비서는 소년에게서 알 수 없는 기운과, 말로 표현할 수 없는 숱한 감정을 느꼈다. 그 모든 것이 뒤섞여 소년의 등에서 활활 타오르고 있었다.

"알겠습니다. 알아서 하시겠죠."

현호는 양 비서에게서 등을 돌렸다. 이렇게까지 말한다면 더 이상 그 어떤 대화도 이을 필요가 없었다.

'제정신들이 아니야.'

지금까지 나눈 대화는 찝찝함 그 자체였다.

홍분을 가라앉히려 별장을 벗어나 그 앞의 산책길을 거닐 었다.

가라앉은 안개 사이를 거닐며 좀 전의 대화를 하나하나 지 워 버렸다.

그저 새벽의 향취를 느끼는 데 집중할 뿐이었다.

그때 저 멀리서 차량의 헤드라이트가 반짝이는 게 보였다. 차는 곧장 현호가 있는 길목으로 다가왔다.

"현호라고 했지? 벌써 일어났나?"

열린 차창 사이로 강성환 사장이 얼굴을 비쳤다.

'뭐야? 호텔에서 잔 거 아니었어?'

어쩌면 새벽에 돌아왔는지도 모르겠다.

다만 현호는 아침부터 그를 보자 기분이 좋지 않았다. 자신 을 죽인 인간을 보는데 기분이 좋겠는가.

'당신이야? 당신이 날 죽인 거야?'

갑자기 묻고 싶어졌다.

그때의 현호는 자동차 폭발로 죽었을 뿐, 누가 자신을 죽인 지는 명확히 알 수 없었다.

그래서 여태는 강진우 한 사람에게 분노가 쏠렸지만, 이제 는 신전의 모든 이에게 의구심이 생겼다.

하지만 지금은 웃겠다.

찌푸린 얼굴을 드러내 적으로 낙인찍힐 필요는 없기에 가볍 게 미소를 끌어 올리고 차에 다가갔다.

"안녕하세요. 이제 나가세요?"

"아침은 먹었니?"

"아직이요."

"그럼 같이 나가지."

"예?"

순간 당황스러웠다. 바로 거절하려 했지만, 강성환의 말 한마디에 조수석에서 비서가 내려 뒷문을 열어주었다. 안 탈 수가 없게 만든 것이다.

'뭐, 정 원한다면.'

현호는 강성환과 나란히 뒷좌석에 올라탔다.

'차는 좋네.'

최고급 세단에서는 가죽 냄새가 물씬 풍겼다.

현호 역시 차에 관심이 있는 남자였다. 이전 삶에서 그가 몰던 차는 반츠 L클래스였다.

"차가 마음에 드나?"

자동차 시트를 어루만지자 강성환이 현호를 보며 물었다.

"예. 쿠션 느낌이 좋네요."

"그런가? 하하하."

강성환이 웃는다. 그러자 조수석의 비서가 나직이 설명을 붙였다.

"저희 신전전자에서는 신전만을 위한 자동차를 업체에 직접 주문합니다."

"그런가요? 흠……."

현호가 고개를 끄덕이자, 비서가 갑자기 수화기를 손에 쥐
었다.

'아? 카폰이잖아?'

카폰이 무엇인가.

이로 말할 것 같으면 8, 90년도에 지위의 상징이었던 차량
전화였다.

하지만 훗날에는 스마트폰의 보급과 차량 디자인의 진보로
인해 유물로 사라져 버렸다.

그러니 지금 현호의 눈에 이것이 얼마나 신기하게 비치는지
는 이루 말할 필요가 없었다.

'허, 신기하네.'

처음 보는 카폰의 존재에 현호는 고개를 내밀면서까지 그
것을 바라봤다.

아무리 현호의 아버지가 건설업에 종사해도 카폰 달린 차
를 몰 정도는 아니었으니, 실제로 보는 것은 TV 드라마를 제
외하면 처음이었다.

"카폰이 신기한가 보구나."

"예. 처음 봐요."

"하하하. TV 달린 차를 보면 아주 놀라겠구나?"

"에이, 그건 흔하잖아요."

"흔해?"

"내비 없는 차가 어디 있어요? TV야 DMB로……."

현호는 얘기를 꺼내다가 멈칫했다.

'내가 지금 미쳤구나.'

실수였다. 내비라니.

지금 시대에 내비게이션이 어디 있고 DMB가 또 어디 있겠는가.

좀 전에 강성환이 말한 TV는 진짜 TV를 말한 것이다.

이 당시에만 해도 실제로 일제 소형 TV를 단 차가 존재했었다. 결코 DMB나 내비게이션을 말한 게 아니란 얘기다.

"내비는 뭐고, DMB는 뭔가?"

강성환은 자신이 잘못 들었나 싶을 정도로 생소한 단어에 현호와 비서를 번갈아 바라봤다.

"아… 외화에서 나온 거예요. 진격 R 작전이라고 있잖아요? 거기서 나온 첨단 자동차예요."

순간적으로 권은혁의 비디오테이프를 떠올린 현호는 기지를 발휘해 위기를 모면했다. 그렇게 한숨을 돌리고서야 신전소유의 호텔에 도착할 수 있었다.

"사장님, 오셨습니까?"

미리 연락을 받은 호텔 지배인과 임원들이 호텔 앞에서 대기하고 있었다.

"안에서 민정당 원내 대표님들이 기다리고 계십니다."

"뭐어?"

임원의 말에 강성환이 이마를 찌푸렸다. 그는 잠시 혀를 차더니 현호를 돌아봤다.

"미안한데 어쩌지. 함께 아침이나 먹을까 했는데, 노인네들이 잠도 없지 뭐야."

강성환은 가볍게 웃은 뒤 다시 얘기했다.

"이따 점심은 함께하지."

"예."

강성환은 지배인에게 현호의 아침을 챙겨주라 지시하고는 로비로 들어갔다. 그 뒷모습이 사라지자 호텔 유니폼을 입은 중년의 여성이 현호에게 다가왔다.

"이쪽으로."

그녀를 따라 식당으로 향했다.

제주도의 바람 때문인지 현호의 머리카락이 계속해서 흩날렸다.

더구나 옷자락까지 펄럭이니 그 모습이 타인의 시선에 안 들어올 수가 없었다.

"어머, 저 애 누구야? 분위기 있다."

"사장님 차에서 내리던데?"

현호는 수군거리는 직원들을 지나쳐 식당으로 들어갔다.

"잠시 앉아 계시면 식사를 준비시키겠습니다."

"아니에요. 제가 알아서 먹을게요. 뷔페식 조식인데 굳이 여러 사람 귀찮게 할 필요 있나요."

현호는 미소를 그리며 그녀를 지나쳤다.

'특이한 아이네.'

그녀가 고개를 갸우뚱하며 물러났다.

"흠, 뭐부터 먹나."

호텔 조식의 질이 제법 좋아 보였다.

현호는 천천히 움직이며 접시를 손에 쥐고 음식들을 담았다. 그때 한 남자가 그에게 다가왔다.

"저기."

"예?"

현호는 뒤돌아섰다. 남자의 얼굴을 봤지만 처음 보는 사람이었다.

'누구지?'

머릿속에 분류된 사진들이 재빨리 스쳐 지났지만 기억에 없는 얼굴이다.

"누구세요?"

"아, 난 이런 사람인데."

그가 품 안에서 명함을 꺼내 들었다.

J 소리꾼 매니저 한성훈

'J 소리꾼?'

현호가 고개를 갸웃거리자 한성훈이 가볍게 콧바람을 들썩였다.

"자네 방송 한번 타볼 생각 없나?"

"방송이요?"

이제야 현호는 이 사람의 정체를 눈치챌 수 있었다.

'아, 소리꾼이 엔터테인먼트라는 뜻이었나?'

하긴, 이때만 해도 전문적인 엔터 업계의 등장이 있을 만한 시기는 아니었다.

그저 우리말에 그럴싸하게 영어 알파벳 하나 붙인 게 기획사 간판이었다.

"미안하지만, 전 관심 없습니다."

"뭐? 아니, 당장 결정하라는 게 아니고……."

자신만만하게 다가왔던 한성훈은 그의 단호한 거절에 당황스러워했다.

"아니요. 저는 정말 관심 없습니다."

한성훈은 재차 거절이 들어오자 현호를 다시 한 번 훑었다.

'자식, 와꾸는 좋은데, 고집 있네.'

그는 일단 억지로라도 명함을 손에 쥐여주고 현호의 팔뚝을 두드리며 미소를 띠었다.

"우리가 내년에 남성 3인조 그룹 내보내려고 준비 중이거든. 그쪽도 합류하면 좋을 것 같은데? 이거 파격적인 제안이야, 내가 사람 처음 보자마자 이런 얘기 할 정도면. 뭐, 본인 스스로 잘났다는 거 알 거 아니야? 하하."

"예."

현호는 어서 빨리 이 사람을 보내고 아침을 먹고 싶었다.

"그럼, 생각해 보고 관심 있으면 전화 줘요."

한성훈이 뒷모습을 보이고서야 현호는 명함을 뒷주머니에 대충 쑤셔 넣고 자리로 돌아왔다.

'연예인이라……'

이전 삶에서는 없었던 일이니만큼 기분은 나쁘지 않았다.

한데 놀라서 들뜰 정도는 아니었다.

이제 현호 스스로도 알고 있는 것이다. 자신이 잘난 것을.

다시 태어났다고 외모가 크게 달라진 건 아니었지만 몸의 밸런스와 몸에 흐르는 선이 확연히 달라졌음은 작년부터 느끼고 있었다.

'그래, 화려한 삶도 좋겠지.'

가능할 것이다. 아니, 자신도 있다.

여차하면 머릿속에 착착 쌓인 영화 시나리오, 혹은 명곡 하나 뽑아내면 되니까.

한 번 거쳐 본 삶을 다시 산다는 이점은 분명히 존재한다.

하지만 연예계라는 화려함 그 이면의 감춰진 그림자를 현호는 잘 알고 있었다.

그들과 직접적 친분을 가진 적은 없지만, 관련 세무 일을 맡고 있는 선배에게서 얘기야 많이 들어 어떻게 돌아가는지는 대충 알고 있었다.

군이 표현하자면 연예인은 살아 있는 핏덩어리일 뿐이다.

기획사, 방송사, 광고주, 그 밖의 허울뿐인 관계자들에게 빨대가 꽂혀서 피를 쪽쪽 빨리는 존재가 연예인이다.

똑똑하니 괜찮다고?

이미 한번 살아봤으니 뒤통수 맞는 건 괜찮을 것 같다고?

사람 일이 어디 하나 그렇게 쉽게 되는 것이 있단 말인가.

현호는 이미 거쳐 본 삶임에도 불구하고 다시 공부를 하고 있고, 꾸준히 운동을 하고 있다.

변수는 늘 존재하게 마련이고, 세상에는 뛰는 놈 위에 나는 놈이 있기 때문이다.

한번 살아봤고, 기이한 기억력이 있다고 해도 그것은 그저 무기일 뿐, 모든 것을 결정짓는 핵폭탄이 아니다.

그러니 연예인과 친구가 되는 것은 좋지만, 그들 중 하나가 되고 싶은 생각은 추호도 없는 그였다.

'이번 삶은 송승국의 친구로 만족하자.'

문득 녀석이 떠오른다.

'그 녀석… 학교는 잘 다니나 모르겠네.'

송승국이 이사를 가는 바람에 얼굴을 못 본 지 꽤 오랜 시간이 지났다. 물론 나중에야 어떻게든 인연을 이어볼 생각이지만.

'연예인 친구라……. 훗.'

피식 웃으며 자리에 앉으려는데, 한성훈이 누군가와 함께 식당을 나가는 모습이 보였다.

그때 현호의 귀에 한성훈과 함께 있는 남자의 목소리가 들렸다.

"무슨 호텔 조식이 먹을 게 이렇게 없어."

그것은 모기 앵앵거림 같으면서도 템포가 빠른 목소리였다.

모자를 썼고, 건들거리는 저 표정은.

'저 사람, 양군이잖아?'

92년도에 혜성처럼 가요계에 등장할 댄스 그룹의 멤버 양군.

그 댄스 그룹의 이름은 서태…….

"여긴 혼자 온 거예요?"

뒤에서 불쑥 들려온 목소리에 현호는 고개를 돌렸다.

*   *   *

그의 앞에 웬 여성이 서 있었다.

현호는 눈썹을 한번 찌푸린 뒤에야 그녀가 누구인지 알 수 있었다.

어제 수영장에서 강성환 사장에게 쉬어야 한다는 얘길 꺼냈던 여자다.

"누구시죠?"

보다 확실한 것을 알려면 직접 듣는 수밖에 없었다.

"제 소개가 늦었네요. 전 강설희라고 합니다. 아시겠지만……."

"아, 진우 누님이군요."

진우의 누나라는 얘기에 그녀의 미간이 살짝 찌푸려졌지만 현호는 상관없이 얘기를 이었다.

"처음 뵙겠습니다. 차현호라고 합니다."

"반가워요. 강설희예요."

그녀는 가는 손을 뻗어 현호에게 내밀었다. 악수를 나누려 붙잡은 손은 너무도 부드러웠다.

짙은 눈썹, 오뚝한 코, 붉은 입술, 보름달을 닮은 눈동자, 사뿐히 들썩이는 긴 생머리.

사실 현호는 눈앞의 강설희를 보고 조금 놀랐다.

'이 여자가 강설희였구나……'

신전그룹의 적통인 강설희는 강진우를 벌레 보듯 대했다. 물론 현호가 직접 본 것이 아닌 강진우에게 들은 이야기였다.

다만 그 때문에 그녀에 대한 편견을 가지고 있었다.

어차피 강진우와 크게 다르지 않은 부류라고 생각했으니 말이다.

한데 지금 그녀의 눈은 무척이나 맑았고, 외모만 두고 봤을 때는 전혀 강진우의 얘기와 매칭할 수가 없었다.

"진우와는 꽤 친한가 봐요?"

강설희가 물었다.

"진우가 그러나요? 친하다고?"

"예? 뭐……"

현호의 반문에 그녀는 조금 난감한 미소를 보였다.

"아, 식사 중이시죠? 그럼 맛있게 드세요."

그녀는 바로 대화를 끝내고 짧은 미소와 함께 뒤돌았다.

아마 식당을 지나가는 중에 그를 봤을 테고, 모른 체를 하는 대신에 다가와 인사만 하고 가려 했는지도 모른다.

기대한 만남치고는 싱거웠지만 현호도 더 이상 크게 생각지 않고 조식을 마쳤다.

그녀의 운명에 끼어들겠다는 생각 역시도 하지 않았다.

"식사 맛있게 하셨나요?"

식당을 나오자 어떻게 알았는지 아까의 중년 여성이 귀신같이 알고 따라붙었다.

"예, 덕분에……. 근데 좀 전에 보니 사장님의 따님이 계시던데."

현호가 기억하기로는 강설희는 강진우와 나이 차이가 그렇게 많지는 않았다. 그런데 어제와 오늘 마주친 그녀가 정장을 입고 있으니 그게 내심 궁금했다.

"아, 영애님 말씀하시는군요."

'영애?'

양 비서도 그렇고 이 여자도 같은 단어를 썼다. 현호는 그 낯설음에 미간을 찌푸렸다.

"영애님은 지금 호텔에서 수업을 받고 계시는 겁니다."

"수업이요?"

"예. 여러 가지 경영 수업을 받고 계세요. 신전의 미래니까."

잠시 생각하던 현호는 그제야 고개를 끄덕였다.

'아하, 황제 수업이구나.'

재벌 2세들은 어린 시절부터 장차 기업의 수장이 되기 위한 준비를 한다.

주식, 회계, 세무, 기업 경영, 제왕학 등등.

현호도 그것에 대해 들어본 적이 있어 대충은 알고 있었다.

"아무튼 전 이만 가보겠습니다."

현호는 고개를 살짝 숙이고는 여자에게서 한 걸음 멀어졌다. 그런데 여자가 서둘러 쫓아와 길을 방해했다.

"운전기사 붙여 드리겠습니다."

"그러지 마세요. 제주도는 몇 번 와봤습니다. 별장까지 가는 길은 대충 기억해요."

"그래도 길이 엇갈릴 수도 있는데……."

"그럼 아무나 붙잡고 물어보죠, 뭐."

"아……."

난처해하는 그녀를 두고 현호는 호텔을 벗어났다.

현호는 해가 중천에 뜰 때까지 제주도 길을 거닐었다. 발길이 멈춘 곳은 바닷가였다.

정확히는 제주 용 바위가 위치한 곳이었다.

용을 하나도 안 닮아서 더 놀랐던 그곳.

'하…….'

멀리 용 바위를 눈앞에 두고 있지만, 현호는 지금 선명한 기억의 한가운데에 있었다.

고개를 살짝 돌리니 눈에 익은 여자의 얼굴이 있었다.

"오빠, 여기 진짜 사람 많다."

"그러니까. 여기 괜히 왔나 봐."

"뭐어? 나랑 있는데 그런 생각이 들어?"

"야, 그런 게 아니라."

"치, 나 지금 엄청, 완전 실망."

"야……. 아니, 여보."

"뭐어?"

"뭘 그렇게 놀라? 여보라는 말이 이상해? 결혼했으니까 이제 여보지. 우리 신혼여행 중이거든?"

"그건 아는데, 왠지 조금 이상하긴 해."

수줍은 미소로 얼굴을 붉히던 너.

"민서현……."

속삭여 불러본다. 그 이름을.

그녀가 그리운 것은 아니었다. 그럴 만큼의 감정도 남지 못했을 만큼 그녀와의 결혼 생활은 최악으로 치달았으니까.

서로가 다른 사랑을 찾아 갈증을 채우듯 욕망을 탐했을 만큼 쓸모없어진 관계였다.

'그놈의 추억이 뭔지.'

고개를 내저은 현호는 이내 용 바위를 뒤로했다.

하지만 안전 펜스를 따라 길을 걷던 그는 얼마 못 가 멈춰야 했다.

"여기서 또 보네요?"

강설희였다. 그녀가 혼자서 그곳에 서 있었다.

"여긴 어떻게?"

"농지 정리 때문에 나왔다가 바닷바람이 쐬고 싶어서요."

그녀의 미소는 맑았다. 저렇게 맑은 여자를 강진우는 그토록 저주하고 있다니.

뭐, 두 사람의 태생이 그럴 수밖에 없는 이유도 있을 것이다.

"근데 어제 진우가 난리를 쳤다던데."

그녀는 속삭이듯 묻고는, 바람에 펄럭이는 머리카락을 하얀 목 위로 붙잡았다.

"알고 있었나요?"

"그 정도 눈과 귀는 있거든요."

그녀는 별장에서 일어나는 모든 걸 알고 있다는 듯 미소를 보였다.

'제법 수단이 있는 여자네.'

현호는 그 같은 생각을 이으며 고개를 끄덕였다.

"참, 염 조사관이라는 세무 공무원에 대한 판단은 저 역시도 강설희 씨와 동일합니다."

"그래요?"

현호의 얘기에 강설희는 호기심이 든 얼굴이었다.

"신전이야 그런 사람 하나 서울 올리는 거 일도 아니겠지만, 그 하나가 나중에는 둘이 될 수도 있죠. 아니면 약점이 될 수도 있고……."

"잘 아시네요."

강설희는 고개를 끄덕였다. 이렇게 간단한 사실을 강진우는 모른다는 게 한숨이 나올 뿐이었다.

"근데 염 조사관이 얘기한 문제점은 파악했나요?"

"예? 뭐라고요?"

현호의 질문에 강설희가 이마를 찌푸렸다. 아무래도 파도와 갈매기 소리 때문에 못 들은 모양이었다.

"염 조사관이 얘기한 문제점 파악했냐고요."

현호가 다시 한 번 얘길 하자, 그제야 알아들은 그녀가 짧은 미소를 보이며 고개를 가로저었다.

"아니요."

그 일이 있고 난 뒤, 서귀포 농지 처분 건을 맡고 있는 담당 세무사와 비서진이 제출 서류를 다시 살폈다.

물론 황제 수업으로 인해 어느 정도 지식이 있는 강설희 역시도 오늘 아침 서류들을 다시 한 번 살폈지만 큰 이상을 찾지 못했다.

"뭔지 짐작하시겠어요?"

강설희는 피식 웃으며 물었지만 별 뜻은 없었다.

상식적으로 자신보다 두 살이나 아래고, 또 공부를 잘해봤자 일반인일 뿐인 그가 뭘 알겠냐는 뜻이 내포된 미소였다.

하지만 현호는 그녀의 생각과 달리 고개를 끄덕이며 대답했다.

"예. 대충은."

"뭐라고요?"

역시 놀란 이는 강설희였다.

'말도 안 돼.'

농담이겠지.

신전의 두뇌들뿐 아니라 그녀조차 발견하지 못한 것을, 이 사람은 서류 한번 보지도 않고 알아챘다고?

하지만 현호는 농담이 아니었다.

물론 지금 생각하는 게 틀릴 수도 있지만, 그럼 그때 가서 또 찾아내면 된다.

'15년.'

그 긴 시간을 세무사로 살았다. 말이 15년이지 남들의 서너 배는 더 일에 미쳤을 것이다.

그 세월은 많은 것을 줬지만 그중 하나를 꼽으라면 당연 실무라는 경험일 것이다.

그것은 돈으로 살 수도 없거니와 책에 나와 있지도 않다.

그 경험이 깨우쳐 준 한 가지는, 답은 항상 어딘가에 존재한다는 것이다. 그것이 정답이든, 억지로 짜 맞춘 답이든.

"그럼 답이 뭔데요?"

"일단 제출하신 서류부터 한번 보고요. 제가 생각하는 게 맞는지, 아니면 또 다른 답이 있는지."

"보여주는 거야 상관없는데……."

강설희는 말꼬리를 흐렸다. 보여줘도 네가 서류를 알아보겠냐는 뉘앙스였다.

그녀는 여전히 그를 믿지 않고 있었고, 그건 당연한 반응이었다.

"어차피 닳는 거 아니잖아요."

가볍게 얘길 하고 다시 걷기 시작했다. 강설희가 곁을 따랐다.

구두를 신고 있는 그녀의 모습이 불편해 보였지만 흔들림은 없었다.

"어? 불가사리네?"

둑으로 내려온 강설희가 갑자기 잰걸음으로 앞서갔다.

그녀는 조심히 무릎을 굽히고 바닥에 아무렇게나 버려진 불가사리를 손에 쥐었다.

흘러내린 머리카락을 귓바퀴 뒤로 살짝 넘기고, 미소와 함께 가는 손을 뻗어 불가사리를 집는 천진한 그 모습에 현호는 잠시 걸음을 멈추고 그녀를 눈에 담았다.

분명 지금 순간도 현호의 선명한 기억 속에 차곡차곡 쌓일 것이다.

'이런 사람이 왜 자살을…….'

현호는 생각을 뒤로하고 그녀에게 다가가 말했다.

"죽은 거 만지면 어떻게 해요?"

"주, 죽은 거요?"

그녀의 눈이 동그래졌다.

"예, 죽은 거. 한마디로 사체. 아마 기생충이 바글바글."

"꺄!"

그녀가 질겁하고 손에 쥔 불가사리를 냅다 집어 던졌다.

한데 둑 아래 모래사장에 떨어져야 할 불가사리가 오히려 두 사람의 뒤편으로 휙 넘어갔다.

그곳에는 포장마차가 있었는데, 건달처럼 드세 보이는 남자 셋이 소주를 걸치고 있었다.

그런데 지금 순간 그들의 안주에 불가사리가 떡하니 서비스로 추가된 것이다.

상황이 이런데도 강설희는 제 손을 마치 남의 것처럼 멀리 내밀고 여전히 질겁하고 있었다.

드르륵.

"어이!"

의자를 밀어낸 남자들이 현호와 강설희를 향해 손을 내밀었다.

"이 쪼끄뜨레 오라게(여기 가까이 오지)!"

걸쭉한 제주 방언을 속삭인 남자가 손가락질을 했지만 현호는 대꾸하지 않고 자신의 셔츠 소매로 강설희의 손을 닦아냈다.

그녀가 놀란 얼굴을 들었지만 현호는 멈추지 않았다.

"장난이었어요. 죽은 거 아니었고, 기생충도 없었고. 뭐, 장담은 못 하지만."

그는 차분하게 속삭이고는 그녀의 손이 깨끗해진 것을 확인하자 다시 손을 놓았다.

"이 쪼끄뜨레 오라게!"

흥분한 남자의 외침이 다시 들렸다.

어찌 됐든 사과는 해야 했으니 현호는 무작정 그들에게 다가갔다. 이미 현호의 키는 그들과 동급이니 꿀릴 게 없었다.

"죄송합니다."

현호는 허리를 깊이 숙이고 사과를 했다. 굳이 여기서 싸울 필요는 없었다.

"이게 죄송하다고 될 일이야?"

또 다른 남자가 현호의 어깨를 부여잡았다. 순간 현호의 시선이 꿈틀거렸다.

"어쭈? 노려봐?"

"죄송하다고 말씀드렸잖아요."

"죄송하다면 다야? 연인이면 다야? 알콩달콩하면 다냐고! 남자들끼리 술 마시니까 우스워?"

남자들은 제법 취한 듯했다.

누구라도 그들의 거친 모습에 으레 겁을 내도 이상하지 않은 상황이었다.

하지만 그건 평범한 이들에게나 해당하는 법이고 현호에게는 해당 사항이 없었다.

가슴의 떨림도 없었고, 긴장도 없었다.

상황이 심상치 않자 강설희가 그들의 곁에 다가와 서둘러 지갑을 꺼냈다.

"죄송합니다. 여기 술값이랑, 안주 새로……."

순간 남자가 지갑을 툭 쳐 버렸다. 그 바람에 바닥에 떨어진 지갑을 남자는 멀리 걷어차 버렸다.

"이봐요!"

그 무례함에 강설희가 남자를 노려봤다.

"어쭈, 노려봐? 봐서 어쩔 건데?"

이번에는 남자가 그녀의 어깨를 밀쳤다.

"꺄!"

비명, 그다음은 순식간이었다.

강설희가 넘어진 찰나의 순간에 현호의 복싱 스텝이 터졌다.

휙, 휙, 휙!

스트레이트와 훅, 어퍼컷이 연이어 날아갔다.

이미 현호의 기량은 신인왕전 타이틀을 무난히 획득할 수준.

너무도 순식간에 벌어진 일이라서 포장마차 주위에 모여든 사람들도 넋을 놓고 쳐다볼 정도였다.

'젠장…….'

웅성거림이 커져 난감한 찰나, 자리에서 일어선 강설희가 현호에게 손을 내밀었다.

얼떨결에 그녀의 손을 잡았다.

"뛰어요!"

그녀의 외침을 시작으로 두 사람은 서둘러 둑을 벗어났다.

잠시 뒤 겨우 일어난 남자들은 그 둘을 쫓아갈 엄두도 내지 못했다.

지금 자신들을 때린 게 뭔지는 몰라도 한 대 더 맞으면 어디 하나 부러질 거라는 걸 몸이 느꼈기 때문이다.

"하… 하… 하… 핫, 하하하!"

한참을 달리고서야 겨우 숨을 몰아쉬던 강설희가 목을 젖혀 하늘을 보더니 갑자기 웃음을 터뜨렸다.

생각해 보니 웃기지 않은가.

겨우 불가사리 하나 때문에 남자 셋이서 애 하나를 괴롭혔고, 되레 제대로 얻어터졌으니 말이다. 비록 당사자는 도망치긴 했지만.

"허… 지금 웃음이 나와요?"

"이럴 때 아니면 또 언제 웃어요? 하하!"

그녀의 맑은 미소를 현호는 꽤 오랫동안 바라만 봤다.

　　　　　＊　　　　　＊　　　　　＊

　현호는 차분히 앉아 서류들을 살폈다.

　소파에 앉아 한 장 한 장 서류들을 넘기는 그의 모습을 강설희는 자신의 책상에 앉아서 말없이 지켜봤다.

　모든 서류를 보고 난 뒤 현호는 한자리에 서류들을 정리해놓고 그녀를 돌아봤다.

　"왜요?"

　마주친 시선에 이어 그가 말이 없자 강설희가 자리에서 일어나며 물었다.

　"글쎄요. 눈이 마주치니까, 아무 생각도 안 나서……."

　"훗, 지금 나한테 작업 거는 거예요?"

　강설희가 농담처럼 얘기했지만 불쾌한 모습은 아니었다.

　지금 현호가 얘기한 것은 어떤 사심이나 감정이 아닌 진심이었다.

　순간이지만 그녀의 눈을 보는데 갑자기 아무 생각도 안 났다.

　그렇다고 어제 전지우를 봤을 때와 같은 느낌은 아니었다. 떨림도 없고, 흥분도, 그렇다고 아련함 같은 것도 없었다.

　'이상하네.'

　아무튼 강설희가 소파에 마주 앉자 현호는 미소를 띤 얼굴을 들어 그녀를 바라봤다.

　"자, 농담은 그만하고, 답이 뭐죠?"

그녀가 물었다.

"그 전에 답을 주면 그쪽에서는 뭘 주실 수 있죠?"

"예?"

세상에 공짜는 없다. 하물며 가족도, 그렇다고 친구도 아닌 그녀에게 현호가 직접 나서 뭘 해줄 필요는 없었다.

막말로 이 건이 실패해 봤자 신전에서는 그저 세금을 내면 그만이다.

돈 3억에 흔들릴 신전도 아니고.

"하… 하하."

당황한 듯 잠시 현호를 바라보던 강설희는 웃음과 함께 고개를 내저었다.

"그쪽도 거래를 하자는 건가요?"

질렸다는 얼굴이다.

염 조사관에 이어 현호까지 거래를 운운하니 실망감이 터진 것이다.

"글쎄요. 강설희 씨가 생각하는 거래가 무슨 의미인지는 모르겠지만……."

"제가 생각하는 거래는 상대의 약점을 쥔 자가 억지로 상대의 것을 뺏으려 하는 행동이죠."

강설희는 더 이상 현호와 얘기하기 싫은 얼굴이었다. 그녀는 현호의 앞에 놓인 서류들을 향해 손을 뻗었다.

"거래는 없어요. 근데 걱정이네요. 나이도 어린데 벌써 그런 생각이라니."

그녀의 싸늘한 말투에 현호는 입술을 쓸어내리며 고개를 저었다. 피식 웃음이 새어 나왔다.

"홋."

생각해 보니 지금 상황이 우스웠다.

강설희의 말도 그렇고, 좀 전에 강설희가 나이 운운한 모습도 웃겼다. 정작 그러는 그녀는 겨우 고등학생 아닌가.

그러면서 하는 행동은 성인 못지않고.

"뭐가 웃기죠?"

"원래 그렇게 극과 극입니까?"

"예?"

"내가 돈을 달라고 할지, 아니면 서울행 비행기 티켓을 달라고 할지, 그도 아니면 맛있는 초콜릿을 달라고 할지 어떻게 알고요?"

"그게 무슨……."

강설희는 미간을 좁히고 붉은 입술 끝을 깨물었다.

"염 조사관이 하나 실수한 게 있죠."

이건 또 무슨 얘기인가.

"신전은 돈 3억에 눈 하나 깜빡이지 않는다는 거, 그게 실수죠. 약점을 쥐려면 좀 제대로 된 걸 쥐어야지, 겨우 재벌 집 빗자루 숨겨놓고 거래를 하려 하고 있으니까."

현호의 얘기는 강설희가 생각하고 있는 핵심이었다.

하지만 강설희는 미간만 찌푸릴 뿐이었다.

눈앞의 소년의 얘기는 틀린 말은 아닌데, 얘기의 방향이 한 길을 가지 않고 이리저리 왔다 갔다 하고 있었다.

"도대체 하고 싶은 얘기가 뭐예요?"

"답을 알려 드릴 테니까, 제가 원하는 거 하나 들어달라고 요. 아마 무척 쉬울 겁니다."

"거래는 거래인데, 별거 아니다?"

그녀가 콕 집어 물었다.

"거래도 아니고, 선물 달라는 겁니다."

현재의 상황에 돈이나 현물 같은 '대가'를 받을 수는 없었다.

지금 현호가 생각하고 있는 '원하는 것'은 무척 가벼운 것이 었다. 그렇지만 대가를 대신한 것치고는 꽤 나쁘지는 않을 것 이다.

"그게 뭐죠?"

"강진우, 전학시켜 줬으면 합니다."

"예?"

강설희의 눈이 기울었다. 당황을 넘어 황당해하고 있었다.

"그게… 그쪽이 원하는 거라고요?"

"이유는 묻지 말고 그렇게 해주세요. 유학을 보내도 좋고. 어찌 됐든 앞으로 강남에서 더 이상은 강진우를 보고 싶지 않 습니다."

현호는 단호하게 생각을 말했다. 그러자 강설희의 눈동자가 흔들렸다. 생각들이 동공 속 어둠을 이리저리 스치고 있었다.

"보세요."

할 말은 끝냈다. 굳이 대답을 들을 필요는 없었다.

현호는 강설희의 대답을 듣지 않고, 서류 하나를 그녀에게 내밀었다.

그것은 농사를 했다고 증명하려고 제출한 종묘사(품종 씨앗 등을 거래하는 곳)의 영수증 내역이었다.

"이게… 왜요?"

그녀는 영수증을 다시 한 번 살폈지만 이상한 점을 깨닫지 못했다. 아니, 이상했다면 이미 제주 팀에서 확인했어야 했다.

"농사지었다고 증명하려 제출한 8년 전 영수증이잖아요?"

"그렇죠."

"근데 왜요? 이게 문제가 있어요?"

그러자 현호가 어깨를 들썩이며 말했다.

"저도 몰라요."

"예? 지금 장난해요?"

강설희가 눈을 살짝 찌푸리자 현호는 다른 서류들을 보며 말을 이었다.

"서류들, 그 어느 하나 문제 될 것 없어요. 그럼에도 문제를 찾는다면 여기라는 거죠."

이럴 때야말로 역발상이 필요한 법이다.

서서 답이 안 보이면 납작 엎드려 봐야지.

"그러니까… 후…‥. 대체 뭐를 얘기하고 싶은 거예요."

"이거 가라 영수증이잖아요."

"예? 가라요?"

미간이 좁혀진 강설희를 보며 현호는 얘길 이었다.

"가짜라는 얘기죠. 실은 아까 용 바위 가기 전에 저도 그 땅 한번 둘러봤어요. 어제 진우에게 들었거든요. 근데 농사는 무슨… 잡초만 무성하던데. 아마 농지를 그냥 놀려둔 것 같은데. 뭐, 그게 나쁘다는 것은 아니고."

현호는 조바심에 입술을 달싹이는 그녀를 보며 숨을 한번 고르고 다시 입을 열었다.

"어찌 됐든 8년 자경이라는 세금 감면 혜택에 대해서는 이미 알고 계셨고, 그걸 맞추기 위해서는 그에 맞는 자료들이 필요했겠죠. 뭐, 사람들 입 맞추는 거야 명의자가 실제 이곳에 사는 사람일 터이니 그리 어려운 일은 아닐 테고, 서류들이야 몇몇 부분만 적당히 맞추면 되는 거니까."

강설희는 그의 말을 집중해서 들었다.

착실한 학생 같은 그녀의 시선이 마음에 들어서 현호는 결론을 내듯 대답했다.

"이 종묘사 영수증이 8년 전 거잖아요?"

"그렇죠…‥. 그게 뭐가…‥."

여전히 같은 얘기에 강설희는 고개를 기울였다. 미간을 잔뜩 찌푸리고 영수증을 살폈다.

"근데 이 종묘사는 대체 언제 개업한 거예요?"

답을 내놨다.

그제야 강설희의 눈동자가 크게 들썩였다.

"하……."

그녀는 미소를 끌어 올리더니 갑자기 얼굴을 휙 내밀었다. 그녀의 얼굴, 정확히는 그녀의 입술이 현호의 볼에 닿았다.

쪽.

서둘러 일어선 그녀가 책상으로 뛰어가 전화를 붙잡았다. 그러고는 누군가와 통화를 하더니 전화를 끊었다.

방 안에는 침묵이 맴돌았다.

그녀는 전화가 다시 울릴 것을 기다리고 있었고, 현호는 방금 그녀의 행동에 대해서 생각하고 있었다.

'하긴, 어렸을 때부터 외국을 오갔다니까, 스킨십에 거리낌이 없는 거겠지.'

근데 왜… 내내 조용하던 가슴이 갑자기 두근거리는 걸까.

띠리링.

전화가 울렸다.

"확인해 봤어요? 그렇다는… 얘기죠? 오케이."

전화를 끊은 강설희가 현호에게 다가왔다.

"정답이었어요. 종묘사, 5년 전에 개업했다고 하네요. 그러니까 8년 전 영수증은 애초부터 말이 안 됐던 거죠. 염 조사관은 그걸 발견한 거고."

"그럼 이제 어떻게 할 건가요?"

"답이 틀렸으면 고쳐야죠. 어떻게 고치면 좋을까요?"

그녀는 현호에게 다시 답을 구했다.

"글쎄요. 어차피 종묘사 주인과 입을 맞췄다면, 세무서 가서 번복하면 되지 않겠어요? 당시에는 다른 상호의 가게를 운영하고 있었다, 하지만 그 당시는 영수증이 없었고, 갑자기 찾아와서 영수증을 달라고 했기 때문에 그렇게 써줬다. 물론 이에 대한 증인도 있고, 당시 거래 장부도 있다. 어때요? 거래 장부야 짜 맞추면 되는 거고."

"그게… 끝인 가요?"

강설희가 소파 팔걸이에 앉아 그를 뚫어지게 바라봤다.

"단, 염 조사관이 태클을 또 걸 수 있습니다. 이미 꼬투리를 잡았고, 그 역시도 영수증이 애초부터 가짜였다는 걸 알고 있으니까요. 그러니까… 뭐, 조금은 챙겨주세요. 거래가 아닌, 수고비로."

"훗, 그쪽… 마음에 드네요."

"예?"

영롱히 빛나는 강설희의 눈동자가 지금 현호를 눈에 담았다. 가까이 다가온 그녀가 그에게 다시 얼굴을 내밀었다.

이번에는 현호도 미리 방어할 시간이 있었다. 그래서 고개를 피했지만 오히려 그것이 실수였다.

쪽.

그 입술, 이번에는 볼이 아닌 현호의 입술에 닿았다.

* * *

'대체 무슨 생각인 거야?'

혼자 남게 된 현호는 여전히 입술에 남은 촉촉함을 느끼며 고개를 내저었다.

정작 강설희는 입맞춤에도 놀라지 않더니, 아무렇지도 않게 서류들을 챙겨 별장을 떠났다. 그녀에게는 순전히 입맞춤이 있었다는 사실, 그 이상은 아닌 듯 보였다.

점심 식사를 하자던 강성환 사장은 해가 기울 때까지도 별장으로 돌아오지 않았다.

'후……. 그만 돌아가자.'

제주도에 온 지는 이제 겨우 이틀이 지나가고 있었지만 이쯤에서 서울로 돌아가야겠다고 생각이 들었다.

이곳에서 본 강진우는 생각보다 더 형편없는 녀석이었고, 염 조사관 역시 썩은 물이었다. 신전그룹의 강성환? 여기까지 내려온 의미도 없는 만남이었다.

오히려 예상치 못하게 강설희란 사람에 대해 자세히 알게 됐다.

그래서 더욱 빨리 올라가고 싶었다.

계속 있다 보면 훗날 있을 강설희의 죽음에 어떻게든 관여

하게 될까 봐, 그 점만은 자신이 없었다.

다만, 한 사람이 마음에 걸린다.

*　　　*　　　*

"저녁 드셔야죠."

노크 뒤에 방으로 들어온 전지우는 맑은 미소를 띠고 있었다. 잠시 현호는 그녀를 뚫어지게 바라봤다.

"왜요? 뭐 묻었나요?"

하얀 볼을 쓸어내리는 그 모습에 현호는 피식 웃으며 고개를 가로저었다.

"안 묻었어요. 바로 내려갈게요."

"그럼 주방으로 바로 오세요."

"언니, 같이 가!"

하루 사이 그녀와 친해진 미숙이가 서둘러 뒤를 쫓았다.

다시 혼자 남게 된 현호는 화장대 거울에 비친 자신의 모습을 보고 픽 웃었다.

'안 될 말이지.'

그녀는 20대, 현호는 10대였다. 애초부터 안 될 관계였다.

41년의 세월은 이제는 과거일 뿐이다.

"후."

잠시 피어난 감정이다. 조금 참고, 안 보면 지워질 감정이었다.

어제의 꿈은 그저 달콤한 백일몽이었을 뿐.

현호는 그걸 잘 알고 있었다.

'나는… 아저씨니까.'

쓸쓸히 독백을 삼키며 그는 계단을 내려갔다.

마침 그때 강진우가 화를 내며 로비를 가로질러 갔다.

녀석은 현호와 미숙이를 초대해 놓고는 아버지에게 무시당하고, 누나에게 깨지고, 술에 취해 종일 퍼질러 자는 모습만 보였다.

그래서 미숙이의 제주도 관광은 오늘 전지우가 동행했었다.

그런데도 저렇게 화가 잔뜩 난 얼굴로 로비를 가로지른 것이다.

"무슨 일이에요?"

현호는 굳은 얼굴로 서 있는 별채 식솔에게 다가가 물었다.

"영애님이 얼마 전에 매매한 땅의 세금 문제를 처리했다나 봐요. 그래서 그러나 보네. 자그마치 3억이라던데……. 나이도 어린 분이 대단하시지."

그녀는 현호에게 나직이 속삭였다.

"근데 양 비서님은 안 보이네요?"

가만 보니 강진우 곁에 붙어 다니던 양 비서가 보이지 않았다.

"부산에 일이 생겨서 급히 가셨어요."

"그래요?"

양 비서도 없고, 강성환 사장도 없고, 강설희도 없다.

고삐 풀린 망나니를 컨트롤할 사람이 별장에 아무도 없다는 얘기였다.

'찝찝하네…….'

저녁식사는 단조로웠다.

남매 둘뿐인 식탁에 제주도의 갖가지 토속 음식들이 차려졌지만 그다지 흥이 날 분위기는 아니었다.

미숙이는 왠지 전과 달리 조용했고, 현호 역시 차분히 식사를 끝마쳤다.

방으로 돌아온 현호는 미숙이를 침대에 앉혔다.

"뭐야, 이 어색한 행동은?"

느닷없이 근엄한 오빠 흉내를 내고 있으니 미숙이 눈을 찌푸렸다.

"미숙아, 우리 내일 올라가자."

"뭐어? 벌써?"

당연한 반응이다. 평소 미숙이의 행동 패턴상 당연하지만, 사실 누구라도 그럴 것이다.

기껏 제주도에 내려왔는데 사흘 만에 올라가자니 아쉬운 게 당연하다.

"가자."

이유를 대고 싶은 기분도, 설명을 하고 싶은 순간도 아니었다. 그저 빤히 동생을 바라볼 뿐이었다.

"알았어."

그러자 이번에는 미숙이도 고개를 끄덕였다.

현호의 얼굴이 진중했기 때문이다.

아무리 그녀가 철이 없어도 가족이고 오빠인 현호이니 그 심각한 얼굴이 말하는 진심을 어느 정도는 알아듣고 있는 것이다.

"집에 가면 되지 뭐."

"그럼 오늘은 자고 내일 짐 챙기자."

가져온 짐은 얼마 없었다.

아침에 조금 서두르고, 비행기 티켓이야 오전에 끊으면 된다.

이미 이런 걸 예상하고 현호는 얼마의 돈을 준비해 뒀었다.

"오빠."

"응?"

지갑을 살피던 현호는 고개를 돌려 미숙이를 쳐다봤다. 그녀는 창가에 서서 밖을 보고 있었다.

"저기 좀 봐."

"뭔데?"

현호는 천천히 일어나 창가에 섰다.

그곳엔 정원에 서 있는 강진우가 보였는데, 그 옆에는 차가 한 대 있었고, 누군가와 실랑이를 하는 듯한 모습이었다.

'전지우?'

실랑이 상대가 그녀라는 사실을 알고 현호가 눈을 찌푸렸다.

"오빠가 좀 가봐."

미숙이는 전지우를 꽤 마음에 들어 했다.

잠시 동생의 눈을 바라본 현호는 고개를 끄덕였다.

별거 아닌 일이다. 그저 내려가서 상황을 보고 오면 그뿐이다.

*　　　　*　　　　*

"너 뭐하는 거야?"

밖으로 나가본 현호의 얼굴이 일그러졌다.

강진우는 지금 전지우에게 차에 타라고 강요하고 있었다.

"너도 가자. 그냥 요 앞에 드라이브나 하자."

"너 제정신이냐?"

"시끄럽고, 빨리 타."

강진우는 대답도 듣지 않고 곧장 운전석에 올라탔다. 전지우는 이미 녀석을 말리는 것을 포기했는지 조수석 문을 붙잡은 상태였다.

"지금 뭐하는 거예요?"

현호는 그녀의 손목을 붙잡아 세웠다. 주저하는 그녀의 눈을 보는데, 시끄러운 소리가 울렸다.

빵! 빵! 빵!!

강진우는 자동차 클랙슨을 계속해 울렸다.

'지랄.'

그런데 마지못한 전지우가 현호의 손을 밀어내고 조수석에 올라탔다. 하지만 다음 순간, 강진우가 타고 있는 운전석의 문이 덜컹 열렸다.

현호였다.

"내려."

"뭐?"

"내리라고."

참을 만큼 참았다.

이곳이 강진우의 홈그라운드이든, 신전의 고용인들이 있든 말든, 더는 참을 수가 없었다.

"씨발, 쫄았으면 그냥 꺼지지 뭘 내리라 마라야?"

강진우의 비릿한 웃음과 경멸의 눈빛을 마주 본 현호는 미간을 찌푸렸다.

"쫄아?"

강진우를 마주 보고 있으면 녀석의 생각, 숨겨진 기질, 타고난 인성, 이 모든 게 눈에 들어온다.

철없고, 모자라고, 부족한 인간.

현호는 상체를 숙여 운전석을 향해 손을 뻗었다.

"야, 뭐하는 거야? 읔!"

강진우가 발악을 했지만 현호는 '퍽!' 하고 그의 턱을 한 대 갈기고는 차 키를 붙잡았다. 그때였다.

'뭐야?'

차 키를 붙든 현호의 손을 전지우가 움켜쥐었다. 그녀는 입술을 꾹 다문 상태로 천천히 고개를 가로저었다.

'미쳤구나.'

미쳤다.

지금 전지우는 강진우의 행동을 용인한 것이나 다름없었다. 그녀가 신전의 고용인이라는 점을 잠시 간과했다.

그 사실을 깨닫자 머리꼭지를 짓누르던 분노가 빠르게 식었다.

현호는 차 키에서 손을 뗐다. 그러자 강진우는 그를 밀어내고 차 문을 닫아버렸다.

탁.

빠르게 튀어 나가는 자동차.

현호는 찌푸린 얼굴로 멀어져 가는 차를 보며 고개를 내저었다.

재벌가 자제들이 고주망태가 돼 차를 끌고 사고를 냈다는 뉴스는 봤어도 실제로 마주하니 말문이 막힐 뿐이었다.

그리고 이해되지 않는 전지우의 행동.

대체 이놈의 별장에는, 아니, 이 신전에는 정상적인 사고를 가진 어른이 없단 말인가.

그때였다.

별채 식솔이 다가와 현호를 붙잡았다. 장 여사라는 여자였다.

그녀는 잔뜩 상기된 얼굴이었다.

"왜 그러세요?"

"진우 도련님, 술 드셨어요!"

"예?"

그럼 좀 전에 술을 마신 상태였단 말인가.

'그 상태로 운전을 하겠다고 나간 거야?'

＊　　　＊　　　＊

'꿀꺽.'

전지우는 서둘러 안전벨트를 둘러맸다. 강진우는 차창을 모두 열고 달리기 시작했다.

"누나, 우리 집에서 일한 지 얼마나 됐지?"

가볍게 핸들을 움직이며 강진우가 물었다.

전지우는 그 옆모습과 전방을 주시하며 억지로 미소를 끌어 올렸다.

"저희 부모님 때부터였으니, 오래됐죠?"

"아, 그렇게 오래됐구나. 뭐, 한번 식구는 영원한 식구니까."

"…예."

차가 점점 속도를 높인다.

그나마 다행인 건 강진우가 운전을 한두 번 해본 게 아니라는 점이다.

"그럼, 누나."

"예?"

"나랑 사귈까?"

"예에?"

화들짝 놀란 전지우의 눈동자가 커졌다.

"왜, 싫어?"

"도련님도 농담을……."

"농담 아닌데? 우리 집 종이면, 내가 사귀자면 사귀는 거고, 자자고 하면 자는 거지, 뭐."

"도, 도련님."

대답을 망설이는데, 차창을 통해 들어온 바람에 미세하지만 익숙한 냄새가 묻어왔다. 전지우의 눈이 휘둥그레졌다.

"도련님, 수, 술 드셨어요?"

"하하하, 조금?"

"차 세우세요."

"싫은데? 싫은데? 하하하!"

술이 제대로 오른 건지 아니면 진짜 미친 건지, 얄미울 정도로 이죽거리는 강진우의 모습에 전지우는 입술을 바르르 떨었다.

물론 그럴수록 강진우는 더 멈추지 않을 것이다.

"세, 세워주세요."

"이야호!!"

이미 강진우는 누구도 제어할 수가 없었다.

그 시선이 뭘 보고 있는지는 알 수 없었다. 강진우는 그저 정신없이 액셀을 밟을 뿐이었다.

무슨 일이 나도 날 터였다.

차창 밖의 풍경이 정신없이 스쳐 간다.

전지우는 안전벨트를 꽉 여미고 이를 악물었다.

"도련님, 제발요."

전지우는 울먹이기까지 했다.

하지만 강진우가 누구인가. 청개구리 중에서도 제일가는 청개구리다.

"제발, 도련님 제발요. 제가 잘못했어요."

"크큭, 그럼 우리 사귀는 거야?"

"네, 네."

전지우는 서둘러 고개를 끄덕였다. 일단은 멈추게 한다.

그녀의 생각은 오로지 그뿐이었다.

"푸하하, 진작 그러지."

웃음을 터뜨린 강진우가 전지우를 향해 고개를 돌린, 그 순간이었다.

*　　　　*　　　　*

"세상에나……."

차에서 내린 장 여사는 바닥에 주저앉았다. 비단 현호 역시도 지금 상황에 넋이 나갈 정도였다.

현호는 장 여사의 간곡한 부탁에 함께 강진우의 뒤를 쫓아왔지만, 지금 눈앞에 펼쳐진 광경은.

'젠장.'

강진우의 차는 추락 방지를 위해 세워진 도로 안전 펜스를 뚫고 그 너머에 반쯤 걸친 상황이었다.

밑에는 파도가 넘실거리는 암벽 지대.

저 상태로는 앞문을 열고 탈출하는 것은 불가능에 가깝다.

"어, 어떻게 해…… 어떻게 해……."

장 여사는 어찌할 줄 몰라 손을 바들바들 떨었다.

얼마나 큰 충돌이 있었던 건지 차창이 모두 박살이 났고, 심지어 트렁크까지 열려 있었다.

바스락.

겨우 정신을 차리고 다가간 현호는 엉망이 된 차의 뒷문을 향해 손을 뻗었다.

*   *   *

"아……."

전지우는 고통 속에서 신음을 흘렸다.

강진우가 고개를 돌린 잠깐 사이에 차는 도로를 크게 벗어났다.

강한 충격이 그녀의 온몸을 급습했고, 길을 이탈한 차량은 도로 안전 펜스를 긁으며 엉망진창으로 흔들렸다.

콰콰쾅, 덜컹덜컹!

엄청난 일렁임과 충격들이 쏟아졌다.

그녀는 오로지 안전벨트와 차창 손잡이를 움켜쥐고 비명을 질렀다.

쾅! 콰콰⋯ 쾅.

영원할 것만 같았던 두려움의 시간이 끝나고 곧바로 현기증이 밀려왔다.

어지러움과 아찔한 고통이 온몸을 뒤덮어 내렸다.

마치 거대한 화산 폭발 뒤에 하늘에 흩날리는 잿더미를 마주한 기분이었다.

"으윽⋯⋯."

등줄기가 뻐근했다. 머리에선 뜨거움이 밀려왔다. 용솟음쳐 흘러내린 피가 눈을 찔렀다.

"사, 살려⋯⋯."

겨우 열린 그녀의 입술은 도움을 청하는 목소리조차 제대로 내지 못했다. 그리고 점점 눈이 감기기 시작했다.

몸이 축 늘어지고, 흐트러진 머리카락 사이로 어둠이 보이기 시작했다.

그때였다.

찰싹! 찰싹!

누군가 그녀의 뺨을 때렸다.

"지우 씨! 지우 씨!"

현호였다.

"혀, 현호 도련님……."

"일단 그 자리에서 그대로 안전벨트 풀어요. 어서!"

현호가 한 번 더 재촉하자 전지우는 바르르 떨리는 손을 들어 안전벨트를 풀었다. 그런 다음에 현호는 그녀에게 손을 뻗었다.

"뒤돌아서 나한테 넘어와요."

"뒤, 뒤… 요?"

"아무 말 하지 말고, 어서!"

그녀는 여전히 덜덜 떨며 천천히, 아주 천천히 몸을 움직였다.

현호는 통증으로 인해 신음하는 그녀의 두 팔 사이로 손을 넣어 단숨에 밖으로 끌어냈다.

"아아!"

벌어진 입이 다물어지지 않을 정도로 그녀는 고통에 괴로워했다. 하지만 어찌 됐든 현호는 그녀를 겨우 차에서 빼낼 수 있었다.

살았다는 안도감.

전지우는 겨우 숨을 토해냈다. 그런데.

"아……."

전지우는 차가 절벽 아래로 추락할 상태였다는 것을 깨닫고 눈을 바르르 떨었다.

"도, 도련님!"

현호는 그제야 고개를 돌려 운전석의 강진우를 바라봤다.

"쿨럭!"

강진우가 기침을 했다. 살아 있기는 한 모양이었다.

'젠장!'

끼이이익!

그때 차량이 흔들렸다.

전지우가 빠져나온 탓에 하중이 운전석에 쏠린 것이다.

끼이이익!

그 소리는 마치 죽음의 바이올린 선율 같았다. 지금 순간 현호의 가슴이 들썩였다.

'오래 못 버틸 거야……. 그대로 두면 죽는다.'

차현호는 자동차 폭발로 죽었다.

그리고 강진우는 자동차 추락 사고로 죽는 것이다.

'…이대로 있으면.'

눈을 부릅뜬 채로 굳어 있는 현호의 모습에 장 여사가 울먹였다.

"어, 어떻게 해요? 어떻게 좀……."

그녀 스스로도 무리한 부탁임을 알고 있을 것이다. 해서는 안 되는 얘기였다.

"지금 차에 들어가면 다 죽어요."

현호는 섭섭함을 느낄 틈도 없이 현실을 짚었다.

틀린 말이 아니다.

인간적인 갈등 이전에 그게 사실이다.

때마침 도로를 지나던 차들도 사고를 목격하고 멈춰 섰다.

"이봐요! 괜찮아요? 헉! 아, 안에 사람이 있잖아?"

차에서 내린 사람들도 지금 상황에 입을 다물지 못했다.

하지만 누구도 섣불리 차에 다가갈 생각을 하지 못했다.

끼이이익!

기괴한 소리와 함께 다시금 차가 크게 흔들린다.

"꺄아!"

지켜보던 누군가는 비명을 질렀다. 이곳은 모든 것이 엉망이었다.

그때였다.

"엉엉… 살려줘……. 엄마, 살려줘……."

처음에는 잘못 들었는지 알았다.

그것은 강진우의 울먹임이었다.

"엄마… 엄마……. 제발……. 엉엉엉… 엄마……."

순간 현호의 귀에는 아무 소리도 들리지 않았다. 모든 소음이 멈추고, 모든 감정이 가라앉았다.

오로지 어린놈의 울먹이는 소리만이 들릴 뿐이었다.

가식, 연민, 위선.

현호는 그 무엇으로도 자신을 납득시킬 수 없었다. 머리는 내버려 두라는데, 몸이 반응한다.

지난날, 강진우와의 순간들이 눈앞에서 스쳐 갔다.

이전의 삶과 현재의 삶, 그 무수한 기억들과 감정들.

마지막에는 자동차에서의 폭발로 온몸이 아스러지던 순간의 기억이 고스란히 되새김 됐다.

"와이어… 와이어로프."

현호는 사람들을 돌아봤지만 다들 서로에게 시선을 떠넘길 뿐이었다. 그사이에도 강진우가 탄 차는 계속해서 기울고 있었다.

'젠장!'

현호는 입술을 잘근 씹었다.

어차피 와이어로프로 차량을 고정하기에는 한계가 있다.

고급 세단의 무게를 견뎌낼 차량이 주위에 없었다. 자칫 잘못했다가는 오히려 추락에 휩쓸린다.

이를 악물고서 땅을 보던 현호는 다시 고개를 들었다.

"끈… 아니, 밧줄……. 끈이나 밧줄 아무거나……."

그 순간 머릿속에 아침의 양 비서 일이 떠올랐다.

현호는 고개를 들어 추락 직전의 차를 바라봤다.

'클라이밍!'

충격으로 인해서 트렁크는 열려 있다.

곧장 움직인 그는 트렁크에서 레펠 밧줄을 꺼냈다. 질기고 단단하다.

사람들은 현호의 행동을 지켜만 봤다. 그들은 지금 상황에서 오로지 방관자일 뿐이었다.

'할 수 있을까.'

현호는 손에 쥔 레펠 밧줄을 바라봤다.

군대에서 공수 훈련은 숱하게 받았다지만, 이건 실전이다.

실수 한 번으로 죽는다.

콰드득.

힘껏 움켜쥔 레펠 밧줄의 길이는 충분했다. 그는 그 끝을 잡아 허리춤에 단단히 둘러매고 고정했다.

"학생, 미쳤어?"

그나마 지켜보던 한 남자가 서둘러 말렸다.

그 말에 멈칫한 현호는 다시 한 번 마른침을 삼키고 발을 내밀었다.

"이봐, 학생!"

현호는 자신을 붙잡으려는 남자의 손을 뿌리쳤다.

"실수였어. 제주도에 오는 게 아니었는데."

"뭐라고? 이봐, 학생……."

그냥 외면할 것을.

신전이든, 지랄이든 그냥 정리할 것을.

아니면 차라리 강진우를 한번 제대로 박살 내고 끝내 버릴 것을, 여태의 여유와 망설임으로 인해 지금 이 자리까지 오고 말았다.

"학생이 무슨 생각하는지는 알겠는데, 무리야. 그보다는……"

"그럼, 그쪽이 할 겁니까?"

남자는 목젖을 꿈틀거렸다.

그는 전기에라도 감전된 듯 붙잡은 현호의 팔을 서둘러 놓았다.

당연한 일이다. 어느 누가 저기에 뛰어들겠는가.

들어가서 빼내 오는 건 누구나 할 수가 있지만, 목숨을 거는 상황이라면 얘기는 다르다.

현호 역시도 그것을 잘 알고 있었다. 회귀 후 처음으로 팔다리가 후들거리는 상황이었다.

"안전 펜스에 밧줄을 묶어주세요. 몇 겹이고, 몇 겹이고 단단하게."

현호의 속삭임에 망설이던 남자가 움직였다.

이것만이라도 해보겠다는 의지였지만 줄을 묶는다는 것은 언뜻 쉬워 보여도 생각보다 쉬운 일이 아니다. 매듭을 짓는 법조차도 모르는 사람이 많다.

그러니 지금 현호는 도박을 하고 있는 것이다.

"으아아! 엄마!!"

차체의 흔들림이 더해질수록 강진우의 비명 소리는 더욱 거

세졌다.

'신이시여.'

신은 믿지 않았지만, 지금 현호는 신을 찾는다.

이 얼마나 치사한 행동인가 싶지만 현호도 어쩔 수 없었다.

끼이이익!

이미 충격으로 차체의 유리들은 박살 난 지 오래였다.

현호는 트렁크를 닫고 그 위로 위태롭게 배를 깔고 올라섰다. 그러자 한 번 더 차가 흔들렸다.

끼이이이이.

만에 하나 차가 지상으로 추락한다면 줄이 끊기지 않을 방법을 택해야 한다. 그러니 이 방법밖에는 없었다.

천천히 깨진 뒷유리를 통과해 뒷좌석에 몸을 실었다.

"현호야! 현호야!"

본능적으로 현호임을 깨달은 강진우가 온몸을 흔들었다.

"정신 차리고 숨 크게 들이쉬어."

현호는 최대한 침착함을 유지했다. 쓸데없는 움직임은 자제하고 얘기조차도 공기를 삼켜서 뱉었다.

"현호야, 살려줘! 살려줘!"

"정신 차리라고!"

현호는 급기야 강진우의 턱을 부여잡았다.

가만히 있어야 뭐라도 할 것 아닌가.

"아… 아, 알았어……."

강진우가 숨을 파르르 내쉬었다.

'하……'

현호는 숨을 다시 고르고 운전석으로 몸을 반쯤 넘겨 강진우의 몸을 붙든 안전벨트에 손을 댔다.

'젠장!'

안 풀린다. 강진우의 안전벨트가 안 풀린다. 그사이 차체의 흔들림은 더해갔다.

끼기기기기!

'제발 좀!'

풀리지 않는 안전벨트로 인해 강진우는 고통에 찬 신음을 쏟았다.

끼이이이!

"까아! 어떻게 해? 저러다 둘 다 죽겠어!"

"혀… 현호야……. 으아아!"

안전벨트는 결코 풀리지 않을 것 같았다. 젠장, 실수였다. 칼도 챙겼어야 했거늘.

결국 안전벨트를 포기하고 강진우를 잡아끌려고 했지만 더이상은 한계였다.

그때였다.

"현호야……."

강진우가 현호의 손을 붙잡았다.

손을 붙잡힌 순간 현호는 뭔가 잘못됐음을 느낄 수 있었다.

강진우의 손에서 두려움이 고스란히 전해져 왔다.

"현호야… 미안해."

"가만히 있으라니까!"

왜 갑자기 이렇게 된 걸까.

"나… 그냥, 난 너하고 친구가 되고… 싶었을 뿐이야. 너하고… 친해지고… 싶었는데……."

"그냥 좀 닥치라고!"

어디서부터 잘못된 걸까.

"미안… 미안해… 현호야."

현호는 안간힘을 썼다.

지금 순간 자신이 구하려는 사람이 강진우라는 사실은 더 이상 중요치 않았다.

어서 빨리, 어떻게 해서든 안전벨트를 끊고.

"안 되겠어. 누가 칼이라도……."

끼기기기기! 덜컹!

차량이 제대로 기울었다. 그 소리는 분명하게 말하고 있었다. 이제 시간이 다 됐다고.

"현호야……. 현호야……."

강진우의 속삭임. 너무 큰 두려움에 짓눌린 목소리.

현호는 힘껏 발끝에 힘을 주어 의자를 밀어내고 강진우를 잡아당겼다. 그 순간,

덜컹.

순식간이었다. 눈 한 번 깜빡이는 시간도 못 됐다.

강진우의 몸을 붙잡고 있던 손이 어긋난 순간, 차는 그대로 추락했다.

현호는 몸에 묶은 레벨 밧줄 덕에 추락에서 벗어날 수 있었지만 차가 추락한 순간에 차체에 머리를 강하게 부딪쳤다.

"강진우……."

현호의 이마에서는 피가 흘러내렸고, 대롱대롱 매달린 상태로 솟구치는 화염을 지켜봐야 했다.

콰쾅! 콰콰쾅!! 퍼엉!

엄청난 불길이 솟구쳤다. 누군가는 화염을 피해 고개를 돌렸고, 누군가는 눈을 질끈 감았다.

현호는 망연자실해 폭발하는 차를 멍하니 바라봤다.

밑에서 열기가 엄습했지만 뜨거움조차 느끼지 못했다.

그저 좀 전까지 붙들고 있던 강진우의 체온만이 손끝을 간질이고 있을 뿐이다.

그때 사람들의 외침이 들렸다.

"사, 살아 있어!"

그나마 이제야 팽팽한 밧줄을 발견한 남자들이 우르르 달려갔다. 절벽 끝에는 허리춤에 밧줄을 동여맨 소년이 홀로 매달려 있었다.

"조금만 기다려요!"

사람들의 외침.

현호의 시야는 흐려지고 있었다.

'강진우……'

마침 제주도 인근을 순찰하던 소방 헬기가 이 사고를 목격하고 날아오고 있었다.

노을을 등지고 날아오는 헬기.

그 장면을 마지막으로 현호는 정신을 잃었다.

＊　　　＊　　　＊

미성년자 무면허 음주운전의 결말은 끔찍했다.

부상자는 2명, 사망자 1명.

그 사망자는 신전전자의 하나밖에 없는 아들이었다.

화염 속에서 강진우의 시신은 녹아내렸다.

타버린 시신은 서울로 이송할 수도 없을 만큼 훼손됐다.

강성환은 보고를 받자마자 모든 일정을 취소했고, 당장 그날 밤부터 제주한라병원 장례식장은 각계각층에서 모여든 사람들로 장사진을 이뤘다.

당연히 기자들도 몰렸다.

[신전家 사망 특보]

내부 사정을 아는 이들은 강설희가 신전의 적통임을 알고 있지만, 대외적으로는 강진우가 강성환 사장의 후계자였다.

아들이니까.

하나뿐인 아들이니까.

신전가의 지주(持株)회사인 신전시멘트의 강대원 회장은 건강이 악화돼 거동이 불편함에도 불구하고 비운의 손주를 위해 장례식장을 찾았다.

아직까진 신전이 대한민국을 쥐고 흔들 정도는 아니었지만 사고가 음주 사건에, 미성년자의 무면허 음주운전이라는 사실까지 더해져 이날 뉴스 속보에도 강진우의 사고 소식이 실렸다.

"그때 학생 하나가 몸에 밧줄을 묶더니 죽은 남자애를 구하려고 차에 들어갔다니까."

"그러니까 차가 추락하려고 하는데, 그 학생이 갑자기 밧줄을 제 몸에 묶더니 차에 들어간 거지. 그런데 뭐 결국은……."

목격자들의 진술을 찾아서 기자들은 눈에 불을 켜고 병원을 맴돌며 기삿거리를 찾아다녔다.

신전이 이 사건을 막기에는 이미 너무 많은 사람들이 목격했다.

"환자는 괜찮나요?"

수술실 앞에서 기다리고 있던 전지우는 의사가 나오자 곧바로 일어나 물었다.

"수술은 잘됐습니다."

"후유증이나… 장애 같은 건 없는 거죠?"

"그건 당장 뭐라고 말씀드리기 그렇습니다. 좀 더 지켜봐야 합니다."

의사는 고개를 끄덕이고 씁쓸한 미소를 보였다.

수술을 받은 환자는 차현호.

오늘 죽은 신전전자의 아들 강진우의 친구다.

두개골 함몰로 인해 긴급히 수술에 들어갔고, 의사는 할 수 있는 최선을 다했다.

뇌에 붓기가 있었지만 수술 과정에서 문제는 없었다. 물론 후유증은 장담할 수 없다.

잠시 뒤 차현호가 이동 침대에 실려 나왔다.

중환자실로 옮겨지는 그의 모습을 전지우는 지친 얼굴로 지켜봤다.

이날 저녁, 현호의 부모님이 제주도로 넘어왔고, 일주일 뒤 현호는 서울로 트랜스퍼됐다. 그리고 신전의 그 어떤 치료비 원조도 받지 않고 보름 후에 퇴원했다.

그렇게 여름방학이 끝나고 현호가 학교로 돌아왔을 때……

더 이상 영선중학교에서 강진우의 자리는 찾아볼 수 없었다.

10장

친구야

"죄송합니다."

"다시 한번 생각해 보는 건 어떻겠니?"

"아니요."

재차 고개를 가로젓자 담임은 내내 찌푸렸던 얼굴을 체념한 듯 흔들었다.

고등학교 진학을 포기하고 검정고시를 보겠다는 현호를 수차례 설득했지만 그의 고집을 꺾을 수가 없었기 때문이다.

"그래, 가봐라."

"예."

"아, 현호야."

"예?"

다시 뒤돌아서자 담임이 그의 전신을 차분히 훑은 뒤 물었다.

"몸은 좀 괜찮냐?"

"괜찮습니다."

"그래, 알았다."

교무실을 나온 현호는 교실로 향하는 중에 걸음을 멈췄다.

창을 넘어 복도에 불어오는 가을바람이 너무도 좋았지만 차마 미소가 그려지지 않았다.

'고등학교라……'

고민 끝에 결정을 내렸지만, 아쉬움은 남는다.

하지만 얻는 게 있으면 잃는 것도 생기는 법.

더 이상의 무의미한 시간들로 주저하지 않는다.

이제 남들과 같은 과정, 같은 시간을 보내는 것은 현호에게 의미가 없었다.

툭.

창가에서 고개를 돌리기 무섭게 뭔가 어깨에 부딪쳤다.

일부러 누군가 부딪친 것이다. 강진우의 수하인 왕승억이었다.

"야, 조심해서 다녀야지. 고등학교 안 간다고 눈에 뵈는 게……."

쾅!

현호의 손이 녀석의 목덜미를 붙잡아 벽에 내리찍었다.

그 덕에 옆머리를 강하게 부딪친 왕승억은 순간 정신이 나갔다가 돌아왔다. 곧바로 통증이 몰려옴과 동시에 등줄기에는 식은땀이 흘러내렸다.

복도에서 뛰놀던 아이들은 순식간에 벌어진 상황에 다들 숨죽여 둘을 지켜봤다.

"승억아."

"어, 어?"

"복도에서는 조심히 걸어야지."

소름 끼치도록 목을 죄는 시선이다. 현호의 눈동자는 냉기를 활활 뿜고 있었다. 늘 조용히 있기에 종이호랑이인 줄 알았건만.

"알아들었어?"

"어, 어! 알았어!"

툭.

목을 내려놓자 왕승억이 바닥에 주저앉았다. 젖어드는 바짓가랑이를 스쳐보며 현호는 미련 없이 교실로 돌아왔다.

'그나저나 권순태, 이 자식 무슨 일이 있나.'

교실에 돌아온 현호는 창가 쪽 빈자리를 바라봤다.

태권도의 자리가 며칠째 비어 있었다.

담임에게 물어봤지만 연락이 안 된다는 대답만 들었다. 오히려 고등학교 안 갈 거냐는 소리만 또 듣고 왔다.

현호는 가방을 챙기고 짝을 돌아봤다.

오늘 쭉정이 조상식과 함께 태권도의 집에 찾아가 볼 요량이었다.

"나 먼저 간다. 담임한테는 얘기했어."

"어, 알았어."

담임으로서는 자신이 해야 할 일을 현호가 하겠다고 하니 거부할 이유가 없었다. 또 현호라면 믿고 맡길 만했다.

*   *   *

"같이 가!"

쭉정이가 헐레벌떡 현호의 뒤를 쫓아왔다.

쨍쨍한 여름 날씨에 숨을 헐떡이는 그와는 달리 현호는 언덕을 빠르게 오르고 있었다.

"헉헉……. 넌 어째, 지치지도 않냐? 후……."

"어린놈이 한숨은."

현호가 피식 웃는 사이 겨우 올라온 쭉정이가 숨을 크게 들이쉬며 고개를 휘휘 내저었다.

"후……. 근데 아까 왜 그랬던 거야? 왕승억 새끼가 시비 걸디?"

"별일 아니야."

"그 자식 요즘 미쳤다니까? 호랑이 없으니 여우 새끼가 왕이지. 그렇게 강진우에게 붙어… 아."

쭉정이는 내뱉던 얘기를 서둘러 삼키듯 목젖을 크게 들썩였다.

"미안……. 네가 그 얘기 싫어하는 거 아는데……."

눈을 마주 보지 못하는 쭉정이의 모습에 현호는 고개를 돌려 다른 곳으로 시선을 돌렸다.

"순태 집이 어디라고?"

"어? 어!"

침을 꼴깍 삼킨 쭉정이는 서둘러 갈림길 우측으로 방향을 틀었다.

"이쪽이야."

태권도의 집에 가본 적이 없는 현호와 달리 쭉정이는 몇 번 놀러 갔었다고 했다.

사실 말이 친구지 현호는 그다지 이 녀석들과 어울리진 않는 편이었다.

학교에서야 운동장에서 가끔 축구도 하고, 녀석들이 먼저 와서 말을 붙이니 친구라고 부르는 것이지 밖에서의 만남은 전무하다시피 했다.

한마디로 그동안 친구들에게 소홀했다는 뜻이었다.

그래서 이번에 현호가 직접 태권도를 찾아 나선 것이기도 했다.

며칠째 학교에 오질 않는 것을 보니 무슨 일이 있는 모양이었다.

'갑자기 이사를 갔을 리는 없고.'

핸드폰이라도 있으면 연락을 해보겠지만, 1991년도인 지금 핸드폰이 있을 리 만무했다.

그러고 보면 참 신기한 일이다.

죽기 전에는 그렇게 손에서 핸드폰을 놓지 않았다. 늘 전화 노이로제에 시달리면서도 핸드폰에서 눈을 떼지 않았었다.

그런데 지금은 핸드폰이 없어도 살아가는 데 아무런 지장 도 없었으며, 오히려 순간순간에 고개를 들고 눈앞의 것을 마주할 수 있었다.

그것은 또 다른 자유였으며, 잊고 있던 소중한 시간이었다.

"다 왔어."

쭉정이의 걸음이 멈춘 곳은 허름한 건물 앞이었다.

외벽이 군데군데 떨어져 나간 3층 규모의 건물은 리모델링 이 필요한 수준이었다.

하긴, 그리 오래지 않아 이 일대가 모두 재건축될 것이다.

기존의 아파트는 대규모 단지로 바뀔 것이고, 대규모 단지 는 고밀도 초고층 아파트 단지로 변화할 것이다.

주택이야 말할 것도 없다.

이제 강남은 대한민국 부동산 시장의 새로운 바람을 불어 올 것이고, 머지않아 대한민국의 중심이 될 것이다.

"어딘데?"

고개를 두리번거린 현호의 시야에 '순태 떡볶이'라는 간판
이 들어왔다.

한눈에 봐도 권순태, 즉 태권도의 어머니가 하는 가게임을
알 수 있었다.

'그래. 떡볶이 장사를 하신다고 했었지.'

예전에 들었던 얘기를 떠올리자 그제야 기억들을 되새기기
시작했다.

태권도는 홀어머니 밑에서 자랐다고 했다.

그래서 돌아가신 아버지 대신에 작은아버지가 이따금 어머
니를 도와준다는 말을 했었다.

"이상하네."

굳게 닫힌 유리문을 흔들면서 쭉정이가 고개를 갸우뚱했다.

"뭐가?"

"아니, 십 년을 넘게 하시면서 한 번도 가게 문을 닫은 적이
없다고 하셨거든. 진짜 무슨 일 생긴 거 아니야?"

그 말대로 가게 유리문에는 너덜너덜한 종이가 한 장 붙어
있었다. 분위기가 심상치가 않았다.

죄송합니다. 일신상의 이유로 영업을 잠시 중단합니다.

"상식아."

"응?"

"순태 집은 어디냐?"

가게와 그리 떨어지지 않은 곳에 태권도의 집이 있었다.

허름한 빌라 계단을 밟고 올라가면 나오는 첫 번째 현관이었다.

딩동. 딩동.

몇 번이나 초인종을 눌렀지만 안에는 인기척이 없었다. 그저 쭉정이의 숨소리만이 빌라 계단을 맴돌았다.

"뭐지……"

다시 한번 초인종을 누르며 고개를 갸우뚱하는 쭉정이와 달리 현호는 주변을 살피기 시작했다.

일단 우편물이나 전단지가 현관 앞에 쌓여 있지는 않았다.

현관 우편함도 고지서 하나 꽂혀 있는 것 말고는 깨끗이 비워져 있었다. 그 말인즉, 사람이 왔다 갔다 하긴 한다는 것이다.

'이사를 간 것 같지는 않은데.'

더 있어봐야 의미가 없었기에 현호는 빌라를 나왔다. 그리고 쭉정이가 뒤따라 나왔다.

"어떻게 하지? 돌아갈까?"

"잠깐만, 생각 좀 하고."

현호는 기억을 더듬기 시작했다.

회귀 후 3년에 가까운 시간을 태권도를 알았다. 녀석과 그리 많은 대화를 나누지는 않았지만 뭔가 연락이 닿을 만한 단서는 있을 것이다.

사실 이리저리 고민할 필요 없이 그냥 문 앞에서 기다리거나 나중에 다시 방문해도 될 일이다.

하지만 현호는 계속해서 심상치 않은 느낌을 받고 있었다. 무엇보다 가게 문을 닫았다는 게 걱정이었다.

장사꾼이 가게를 닫는다는 것은 길바닥에 생돈을 버리는 일이나 다름없다.

장사 하루 이틀 안 한다고 건물주가 가겟세를 빼주겠는가.

그러니 장사를 한동안 멈춰야 할 정도라면 분명 큰일도 보통 큰일은 아닐 것이다.

'대체 뭐지?'

하지만 아무리 생각해 본들 딱히 짐작 가는 것은 없었다. 죽었다 살았다고 모든 일을 알 수는 없는 법이니까. 그리고.

'뭐든 할 수 있는 것도 아니지.'

그때였다.

"현호야, 순태다."

쭉정이가 현호의 어깨를 두드렸다. 고개를 돌리니 멀리서 골목 사이로 태권도가 걸어오고 있었다.

"자식."

녀석을 다시 본다는 반가움도 잠시.

현호는 태권도의 얼굴에 거미줄처럼 잔뜩 낀 어두운 그림자를 보고 눈을 찌푸렸다.

그가 알고 있고, 또 기억하기로는 태권도는 늘 웃는 얼굴이었다.

그게 녀석의 장점이자 또 강점이기도 했다.

그런데 지금 녀석의 얼굴은 완전 울상이 아닌가.

"야, 권순태!"

쭉정이가 거들먹거리며 다가갔다.

그제야 녀석이 땅만 보던 시선을 들어 놀란 얼굴을 드러냈다. 한데 녀석은 현호를 보고는 갑자기 닭똥 같은 눈물을 흘리기 시작했다.

"현호야……. 크흑."

"뭐야?"

눈을 찌푸린 현호가 다가갔다. 그러자 태권도가 통곡하기 시작했다.

"엉엉엉……."

*   *   *

우선은 녀석의 눈물부터 추스르게 하고 얘기를 들었다.

하소연과 흐느낌으로 범벅이 된 얘기를 모두 듣고 나서 현호는 대충 상황을 정리할 수 있었다.

내용인즉, 이런 사연이었다.

태권도의 어머니는 떡볶이 가게를 하며 자식을 건사해 왔다.

아마 홀어머니가 자식을 키우는 방법치고는 나쁘지 않았던 듯 보인다.

맛도 있어서 그럭저럭 장사도 잘된 것 같고, 자식 대학 보내겠다고 차곡차곡 저축도 하셨을 것이다.

그런데 가끔 집안일을 도와주던 작은아버지가 태권도의 어머니에게 부탁해 온 것이다.

정확한 날짜는 모르겠지만 어머니를 찾아온 작은아버지가 사업을 하는 데 있어 자신이 신용불량자라며 사업주에 대신 이름 좀 올려달라고 부탁했다는 것이다.

현호는 그 얘기를 듣고 단박에 눈을 찌푸렸다.

'명의대여.'

길게 생각하지 않아도 될 만큼 그 단어가 제일 먼저 머리를 스쳤다.

한마디로 그 작은아버지라는 사람이 '나 장사하는 데 당신이 사장 역할 좀 해주소' 하고 부탁했다는 것이다.

주로 세금을 적게 내기 위해 흔히 쓰는 수법으로, 보통 바지사장이라고 부르는 것이다.

어찌 됐든, 태권도의 어머니는 그 부탁을 들어줬고, 그 일이 벌써 수 해 전부터 이어져 온 것이다.

그런데 얼마 전 문제가 생겼다.

"은행엘 갔는데……. 통장이 압류가 된 거야."

태권도는 다시 울음을 터뜨렸다. 녀석을 진정시킬까 하다가 그냥 울게 내버려 뒀다.

　홀쩍임 뒤에 늘어진 침을 닦으며 녀석이 다시 말을 이었다.

　"압류한 곳이 세무서라고 은행에서 알려주더라고. 그래서 갔더니… 세금을 안 냈다고……. 젠장, 하……. 그래서 작은아버지가 사업한다는 데도 가봤는데, 거기도 망했고……."

　"그래서 넌 작은아버지 찾으러 다녔던 거야?"

　"아니, 도망 다녔어."

　"뭐?"

　현호의 눈이 다시 찌푸려졌다. 도망이라니, 왜?

　"그게 무슨 말이야?"

　"작은아버지 거래처가 있는데, 거기 대금을……."

　"작은아버지가 거기도 돈을 안 준 거야?"

　"응."

　"그리고 그쪽에서는 너희 어머니가 사업주니까 달라고 우기는 거고?"

　"응. 알아보니까 거래처 사장이란 사람이 돈놀이도 하는 사람이래. 막 밤에도 찾아와서 문 두들기고, 소리치고……. 크윽… 현호야!"

　"작은아버지는? 찾아가 봤어?"

　태권도는 힘없이 고개를 끄덕였다.

　"뭐라는데? 아니, 잠적은 안 했어?"

　잠적은 예상 가능한 시나리오다.

오히려 이런 일에서는 잠적을 안 하는 게 더 짜증이 난다.

잠적을 안 하고도 세상에 당당할 수 있는, 뻔뻔할 정도로 나쁜 놈이란 뜻이기 때문이다. 이런 놈들은 지랄 맞을 정도로 짜증이 난다.

"배 째라는 거지. 흑……. 엄마가 매일 찾아가는데……. 우리 엄마가… 그 집 앞에서 한 번만 살려달라고 매일 비는데."

"이 씨발……."

가만히 듣고 있던 쭉정이는 어금니를 질끈 깨물었다.

비단 현호라고 다르지 않았다. 분노가 가슴을 치고 올라왔다.

태권도는 작은아버지에 대해서 짧게 설명을 이었다.

말보다는 행동이 먼저일 정도로 성격이 급한 사람이라고 했다. 그래도 가끔 몇만 원씩 쥐여주는 좋은 사람이었다고.

"세금이 얼마야?"

"…2억."

"2억이라."

그리 큰돈은 아니다. 아니, 서민에게는 큰돈이다.

현호는 더 이상 자신이 죽은 이유인 신전그룹의 수조 원에 달하는 비자금은 생각하지 않기로 했다.

'신전…….'

고개를 가로저었다. 당분간은 신전이란 단어 자체를 잊자.

"우리 엄마가 그렇게 나쁜 짓 한 거야? 작은아버지 대신에 이름만 올린 게, 그게 그렇게 잘못이야?"

태권도는 현호에게 대답을 바랬다. 그가 알고 있는 현호라면 뭐든 다 알고 있을 것 같았고, 뭐든 다 해결해 줄 것 같았다.

친구 현호는 태권도에게 어느새 그런 존재였다.

"너희 어머니는 잘못 없어."

"그, 그렇지?"

아무리 태권도의 어머니가 명의를 빌려줬어도, 바지사장이 세금을 낸다는 것은 말이 안 된다.

실질 소유주인 작은아버지가 냈어야 하는 것이 옳은 것이다. 한데 세금 한 푼 안 내고 나 몰라라 하고 있으니, 태권도의 어머니가 고스란히 독박을 쓰신 것이다.

현호는 태권도의 어깨를 툭툭 부드럽게 두드렸다.

"자식, 마음고생 좀 했겠네."

현호는 착잡한 마음을 담아 태권도의 어깨를 어루만졌다. 녀석이 다시 울음을 터뜨렸다.

'어린 녀석이 얼마나 속앓이를 했을까.'

제 자식 같은 태권도의 일이 현호는 남 일 같지 않았다. 그 안쓰러움에 태권도의 어깨를 두드리던 현호는 문득 기억 하나를 떠올렸다.

그 기억 속의 차현호는 오직 앞만 보고 있고, 정신없이 바쁜 시간들로 인해 지친 얼굴이었다.

"미쳤냐? 내가 봉사 활동을? 너 내가 한 시간 상담해 주는 데 얼마 받는지 알아? 그냥 아무 세무사나 찾아가라고 해. 다들 얘기 들어준다니까?"

"야, 그러지 말고 네가 딱 하루만 시간 내서 직접 가서 얘기 좀 들어줘. 서민들이 세무사 문턱 밟기가 쉽냐? 그나마 법이야 무료 법률공단도 있다지만, 세무 쪽은 그런 것도 없잖아. 가면 또 얘기나 제대로 듣겠냐? 지 할 일들 바빠서 좀 퉁명스럽겠어?"

어느 날 친구 하나가 찾아와 현호에게 봉사 활동을 가자고 청했다.

그 지역에 노인들이 많은데, 이번에 재개발이 결정 났고, 이에 발생할 수 있는 세금 부분에 상담이나 해줬으면 하고 바란 것이다.

"무슨 문턱 밟기가 어렵다고 그래? 답답하네. 참. 됐어, 나 바쁘다. 지금 내가 몸이 두 개, 아니, 세 개였으면 좋을 정도로 미칠 듯이 바쁘다. 지금 내가 그런 돈도 안 되는 일을 할 때가 아니야. 그냥 길 가다 아무 세무사, 아니면 가까운 세무서 찾아가라고 그래. 요즘 상담 창구도 있고 시스템 잘돼 있어. 발걸음 한 번이 뭐가 어렵다고 난리야? 무슨 서민이 벼슬이야?"

"야, 너 정말……. 왜 이렇게 변했어."

"변해? 그러는 너는? 왜 이렇게 허접해졌어?"

실망에 젖은 친구의 시선.

현호는 그 시선을 마지막으로 기억 속에서 빠져나왔다.

'후…….'

긴 한숨으로 그때의 감정을 추스르고 다시 태권도를 바라봤다.

"너무 걱정하지 마라."

현호의 한마디에 태권도가 고개를 끄덕이고 눈물을 훔쳤다.

그 모습을 보며 현호는 자신이 할 수 있는 일을 떠올렸다.

'어렵지 않은 일이야.'

태권도를 돕는 것에 고민을 할 필요도 없었다.

물론 당장 수억의 돈을 대신 내줄 수는 없는 노릇이었다. 그건 말도 안 되는 일이다.

그러니 도움을 주겠다면, 당연하게도 현호는 자신이 할 수 있는 방법으로 태권도를 도와야 했다.

'세금을 내지 않게 만드는 것.'

*   *   *

"그러니까 네 말은 세금을 안 낼 수도 있다는 말이야?"

태권도가 눈을 크게 뜨고 바라봤다. 현호는 미소를 띠며 끄덕였다.

"그래. 실질적 주인이 세금을 내야 맞는 거니까. 너희 어머니는 그저 명의만 빌려줬을 뿐이잖아? 그걸로 대가를 받은 것도 아니고."

"아니지! 당연히 아니지! 우리 어머니는 작은아버지가 부탁하니까, 그래서 해주신 것뿐이야."

태권도는 고개를 격하게 끄덕였다.

"그래."

현호의 미소 한 번에 녀석은 구세주라도 만난 듯 긴 숨을 토해냈다.

얘기가 이어진 사이 쭉정이가 음료수를 사 들고 왔다.

셋은 음료수를 원샷한 다음 태권도의 집으로 들어갔다.

집 안이 아주 엉망이었다.

태권도는 부끄러운지 제 집임에도 고개를 두리번거렸다. 그러자 현호가 픽 웃으며 말했다.

"이놈아, 어머니가 정신이 없으면 네가 청소를 해야지!"

그러곤 곧장 태권도의 엉덩이를 걷어찼다.

"어? 어! 그, 그래야지. 하하."

그제야 태권도의 충혈된 눈이 미소를 그렸다. 현호와 쭉정이는 태권도를 도와 집 안을 청소하기 시작했다.

청소는 금방 끝났지만, 이제 이 일을 해결하는 것은 현호의 몫이었다.

이왕 뛰어들기로 한 것이니 지금부터라도 태권도와 그의 어머니가 한시름 놓게 해주고 싶었다.

그리고 현호에게는 그럴 능력이 있었다.

'이번에는 내가 직접 나서볼까.'

곧 있으면 졸업이다. 그리고 현호는 사회로 나가게 된다.

비록 검정고시를 준비한다지만, 더 이상 부모님의 원조를 받을 생각은 없었다. 천오백만 원이라는 비상금도 있으니 크게 돈에 어려움은 없을 것이다.

그리고 이 녀석들과도 당분간은 이별이다.

"아, 배고프지? 뭐, 먹을 게……."

태권도가 일어나 냉장고를 살폈다. 하지만 그 어머니도 정신이 없으실 텐데 집 안에 먹을 게 있을 리가 없을 것이다.

집 안도 말끔히 청소했겠다, 싱크대의 식기들까지 깨끗이 정리했겠다, 현호는 아예 팔을 걷어붙였다.

그러고는 냉장고를 뒤적이는 태권도의 어깨에 손을 얹었다.

"나와봐."

이제 키가 170 중반에 가까운 현호였다.

웬만한 성인이나 다름없는 체격이었고, 밥 짓는 거야 이전의 삶에서 자취 생활 중 물리도록 해먹었다.

한때는 자칭 자취의 달인이라는 자부심도 있었을 만큼.

"가만있어 봐라……. 오라, 된장찌개를 해볼까?"

냉장고를 살핀 현호는 일단 파와 된장, 그리고 야채 칸을 뒤적여 말라붙은 팽이버섯을 꺼내 들었다.

"야, 너 찌개 끓일 줄 알아?"

쭉정이가 의아한 시선으로 바라보자 현호는 픽 웃었다.

"너희들은 TV나 보고 있어. 냉장고는 나에게 부탁하고."

"뭔 말이야, 그게."

고개를 갸우뚱하는 녀석들을 뒤로하고 현호는 요리를 시작했다. 생각해 보니 실로 오랜만에 하는 요리였다.

'요리의 기본은 설거지거리의 최소화.'

쌀을 씻어 올리고, 재료를 적당히 썰고, 냄비에 된장을 풀었다.

얼마 안 있어 된장찌개가 팔팔 끓기 시작하자 구수한 냄새가 부엌을 채웠다.

모든 조리가 끝났을 때의 부엌은 중학교 3학년 남자아이가 요리했다고 볼 수 없을 정도로 말끔히 정돈돼 있었다.

"얘들아……."

식탁에 찌개를 올리고 태권도와 쭉정이를 부르려던 현호는 순간 멈칫했다.

현관문이 열리고 태권도의 어머니가 들어왔기 때문이다.

초췌하고, 지쳤고, 주름진 얼굴이다.

한데 그 얼굴을 본 현호의 눈이 파르르 떨렸다.

'아, 아주머니?'

그녀는 바로 현호가 이전 삶에서 자취할 때 신세를 졌던 주인집 아주머니였다.

'그래…… 맞아.'

기억이 난다. 아주머니는 현호에게 무척 잘해줬었다.

가족과 왕래도 없이 혼자 지내는 현호가 안쓰럽다며 틈나면 반찬 등을 싸 주시고는 했다.

자신의 죽은 아들이 딱 현호 나이어서 유독 정이 간다고도 했었다.

그래, 맞다. 그때 분명히 그런 말을 하셨다.

아주 오래전에 사기를 당했고, 아들이 사채업자를 피해 돌아다니다가 교통사고를 당해 병상에서 꼬박 2년을 누워 있다 죽었다고 했다.

여기까지의 기억이 떠오르자 현호의 머릿속에서 미처 존재를 몰랐던 기억의 필름들이 쏟아지기 시작했다.

그것은 분명히 실재했던 기억이지만, 잊고 있었으며, 꺼내볼 생각도 못 했던 것들이다.

분명 이전 삶에서 현호는 태권도나 쪽정이와 친하지 않았었다.

그들과의 관계는 국민학교를 졸업했을 때 끝이었다. 같은 중학교를 다녔던들 서로가 서로를 신경 쓰지 않았다는 얘기다.

그러고 보니 중3 때 같은 반 한 명이 교통사고로 학교를 나오지 않았던 기억이 있다. 그때 담임이 그 아이와 친한 녀석들과 병문안을 다녀온 적이 있었다.

물론 현호는 가지 않았었고, 곧 잊힌 기억이 돼버렸다.

"너는 누구니?"

"아, 저는……."

현호가 자신을 소개하려는 찰나 태권도가 방에서 뛰어나왔다.

"엄마, 작은아버지 만났어?"

무거운 얼굴을 가로젓는 태권도의 어머니.

현호는 그 와중에도 그녀를 계속 눈에 담고 있었다.

그 당시 너무 신세를 져서 언젠가는 꼭 찾아가 밥 한 끼라도 대접해 드리려고 했는데, 삶이 바쁘다 보니 결국에는 찾아뵙지를 못했었다. 그런데 이런 식으로 만나게 될 줄이야.

'이것도 인연은 인연이구나. 결국 이렇게 보은하게 될 줄이야.'

신기한 일이다.

이전 삶에서의 인연이 이렇게 또 이어질 줄이야. 그리고 태권도 이 녀석까지.

그러고 보니 지난 아버지 세금 문제로 세무서에 방문했을 때도 염 조사관과 최 조사관의 얼굴을 알아보고 무척 놀라지 않았던가.

이건 마치 흩어진 무수한 퍼즐 조각들 중 하나를 우연히 찾아내 주워 든 느낌이었다.

"근데 우리 순태 친구라고?"

그녀가 물었다. 현호는 손에 쥔 행주를 내려놓았다. 그러고는 바른 자세로 그녀를 향해 허리를 숙였다.

매우 깍듯하게.

"정식으로 인사드릴게요. 저는 순태 친구 차현호라고 합니다."

*　　　　*　　　　*

"그게 정말이니?"

태권도의 어머니도 눈이 동그래지셨다. 좀 전 태권도와 다르지 않은 표정이었다.

"예. 맞아요."

"그, 그런데 넌 어떻게 그런 걸 잘 아니?"

"아, 저희 집에 하숙하는 형이 세무 공무원이거든요. 형에게 듣기도 하고 배우기도 하고 있거든요."

물론 현호가 가르친다고 보는 쪽이 맞겠지만, 어찌 됐든 적당히 핑곗거리를 대기에는 장충도라는 존재는 여러모로 쓸모가 있었다.

"그렇다는 말이지?"

"예."

재차 확인을 하고 싶어 하는 그녀에게 크게 고개를 끄덕여 줬다. 그러자 그녀는 크게 숨을 들이켰다가 켜켜이 내뱉었다. 그 모습에 얼마나 마음고생을 했을지 짐작할 수 있었다.

"그럼 이제 어떻게 해야 하니?"

여전히 반신반의한 시선이지만, 그녀의 눈동자는 한 줌의 희망을 기대하며 바르르 떨리고 있었다.

현호는 일단 그녀를 식탁에 앉혔다.

"일단 식사부터 하세요. 보니까 한 끼도 안 드시고 돌아다니신 것 같은데……."

현호가 눈치를 주자 태권도가 서둘러 갓 지은 밥을 그릇에 퍼 담았다.

이어서 된장찌개까지 식탁에 올라오자 그녀가 당황해서 찌개와 아들 순태, 그리고 아들의 친구들을 번갈아 바라봤다.

현호가 말했다.

"어머니, 식사하세요. 금강산도 식후경이라잖아요. 어머니가 이를 악물어야 순태도 힘을 내죠."

비록 금강산을 놀러 갈 상황은 아니지만, 이제부터 현호는 춤을 출 것이다. 세월이 만든 경험과 지식이라는 칼을 들고 세무서를 찾아가 칼춤을 출 것이다.

현호의 말에 태권도가 어깨를 들썩이며 눈물을 훔쳐 냈다.

그러자 그의 어머니가 고개를 힘차게 끄덕이고는 숟가락을 움켜쥐었다.

밥 한 수저를 입에 물고, 된장찌개를 한 입 삼킨 입술에 눈물이 스며들었다.

"고맙구나……. 너희들 덕분에 힘이 나는구나."

"엄마……."

태권도가 그녀의 어깨를 쓸어내렸다.

모자의 그런 모습에 현호는 애써 미소를 보였지만 한숨을 들썩일 수밖에 없었다. 쭉정이라고 별반 다르지 않았다.

그래, 이 일은 현호에게 그렇게 어려운 일이 아니었다. 그리고 현호는 그 어느 때보다도 자신이 있었다.

굳이 표현하자면 눈앞에 세워진 장애물을 각개격파할 수 있다는 기분이 들 정도의 일이었다.

하지만 이 모자에게는 그게 참 어려운 일이었을 것이다.

서민의 삶이란 그런 것이다.

국민학교 담임이 그런 말을 했지 않은가.

알고 있는 지식은 이럴 때 써먹는 것이다.

'암, 아는 것은 써먹어야지.'

지금 순간, 현호의 눈은 더할 나위 없이 고요했다.

* * *

"뭐?"

장충도가 눈을 크게 끔뻑였다.

지금 현호는 태권도의 사정을 얘기하고, 그의 어머니가 실질적 사업주가 아님을 소명할 수 있는 자리를 만들어달라고 장충도에게 요청을 한 것이다.

물론 이는 그리 어려운 부탁이 아니다.

누구라도 부과된 세금에 대해서 소명의 기회를 가질 수 있다.

정당한 세금은 내야 당연하지만, 불합리한 세금은 거부할 자격이 있는 것이다.

한마디로 심의 위원회를 열어 그 안에서 자신의 억울함을 적극 증명하는 것이다.

다만 태권도의 어머니가 여전히 심적으로 부담을 가지고 있는 상황에서 현호가 직접 나설 생각을 가지고 있으니 신청 과정 등의 몇 가지 절차적인 문제는 장충도가 처리해 주기를 부탁한 것이다.

"형이 그랬잖아요. 납세자는 누구나 소명의 기회가 있다고. 굳이 가족 아니어도 상관없잖아요?"

"내가 그랬나?"

장충도가 고개를 갸웃거렸다.

물론 그런 말을 한 적이 없지만 사람의 기억력이란 꽤 믿음 직하지 못하다는 단점이 있다.

물론 현호에게는 해당되지 않는 사항이다.

"그랬다니까요. 형이 지난번에 술 마시고 온 날, 나 끌고 책 상에 앉혀서 한 시간 동안 설교한 적 있잖아요. 기억 안 나 요?"

"그랬나? 그랬었나… 보지?"

윽박 어린 시선으로 조르자 장충도는 그제야 수긍을 하는 눈치였다.

뭐, 지금 그게 중요하겠는가.

말이 틀린 것도 아니고, 절차야 장충도가 그냥 대신 접수해 주고 심의 위원회에는 현호와 태권도의 어머니가 참여해 소명하면 될 일 아닌가.

그리고 문제가 없는 한 입증하는 데 크게 무리는 없을 것이다.

"근데 너 친구 일에 너무 끼어드는 것 아니냐? 형이 아는 세무사 하나 소개해 줄까?"

"아는 세무사요?"

11장

반격

세무사라.

'하긴……. 아주머니가 의지하기에는 나보다는 그게 낫겠지.'

장충도의 제안에 현호는 깊이 생각을 이어봤다.

지금까지는 자신 외의 세무사들은 고려해 본 적이 없었다.

이번 일도 그다지 까다롭진 않은 데다가, 이쯤에서 한번 자신이 직접 나서는 것도 괜찮다 싶어서 적극적으로 움직여 보려 했다.

하지만 장충도가 세무사를 소개해 준다면야 얘기는 달라진다.

"누군데요?"

"어, 얼마 전에 저녁… 아니, 예전에 내가 한번 도와준 친구가 있거든."

장충도는 말을 하던 중에 입술 끝을 빨아들이며 침을 적셨다.

'자식, 벌써부터……'

혀를 찰 일이지만 뭐, 그리 대단한 일은 아닐 것이다.

세무 공무원들과 세무사와의 관계는 떼려야 뗄 수 없는 관계.

그러니 가끔 세무사들이 공무원들 모시고 밥 한 끼 정도는 대접하곤 한다.

보통은 신입 세무 공무원들에게서 그런 경우가 많은데, 장충도 역시 예외는 아닐 것이다.

하지만 특별한 경우를 제하고는 대부분이 순수한 밥 한 끼 정도다.

진정한 '인사'는 굳이 소란스러울 필요가 없는 법이니까.

"일 잘해요?"

"잘하지. 사정 뻔히 아는데 괜히 엄한 사람 소개해 주겠냐?"

"흠……"

정도(正道)가 있다면 굳이 사도(邪道)로 갈 필요는 없지.

"한번 순태 어머니하고 얘기해 볼게요."

"그래, 결정하고 알려줘."

"예."

이 일을 현호가 직접 처리하는 것에 문제는 없다.

다만 태권도의 어머니가 받아들이기에 그쪽이 더 좋다면 굳이 나설 필요는 없었다. 그래서 현호는 그녀에게 선택을 맡겨볼 생각이었다.

"근데 딱 소개해 주는 것까지만이야. 공과 사는 구분해야지."

장충도는 현재 특무과에서 활약하고 있지만 어떤 일을 하는지는 굳이 묻지 않았다.

실은, 가끔 그가 집에까지 들고 오는 서류들을 몰래 한 번씩 살피는 현호였다.

"저도 다른 사람 일이면 신경 껐을 거예요. 근데 친구니까."

"친구 좋지. 아무튼 심의 신청은 내가 접수해 줄게. 대신에 말했듯이 나는 이 일에 절대 끼어들지 않을 거야. 도움도, 하다못해 조언도 하지 않을 거다."

다시 한 번 장충도가 눈가에 주름을 잡고 얘길 했다.

남에게 밥은 얻어먹어도 선은 지키겠다 이건가.

"바라는 바입니다."

솔직히 그건 현호도 바라는 바다.

괜스레 쓸데없이 끼어들어서 별 되지도 않는 지식을 설파하는 건 이쪽에서 사양이다.

"허, 자식. 그래, 어차피 잘됐다. 이참에 한번 실전 경험해 봐. 위원회도 같이 참석해 보고, 내가 소개해 주는 세무사 옆에서 한번 배워봐. 넌 내가 가르쳤으니까 잘할 거다. 암, 특무과 장충도의 제자인데."

장충도는 의기양양 말했지만 현호는 귓등만 긁적일 뿐이었다.

'가르치긴 개뿔.'

그동안 장충도를 지켜본바, 이 인간은 지금 시대가 아니었으면 절대 공무원 시험에 붙을 위인이 아니었다.

2016년이라고 별반 다르지 않지만, 90년대인 지금은 솔직히 말해 연줄만 있으면 공무원이 되는 시대다.

장충도는 제 실력으로 세무 공무원이 됐다고는 하는데, 현호가 보기에는 어디 친척 빽 하나 붙잡아서 들어간 것이 분명했다.

뭐, 물론 장충도가 아직은 신입 공무원에 불과하니 실전 경험이 부족한 것도 있지만, 현호가 보기에는 장충도에겐 사람 좋은 거 빼고는 배울 게 없었다.

아마 세무서에서도 빌빌 길 게 뻔하다.

세무 공무원이라고 세무사 자격증이 있는 것도 아니고, 그저 공무원으로 세무서에 발령이 났을 뿐이니까.

작년 한유라 사건만 없었다면 절대 승진 코스를 타지 못했을 위인이란 얘기다.

사람 좋은 거? 그거 아무짝에도 쓸모없는 것이다.

"근데 현호야."

"예?"

"너 정말 고등학교 안 갈 거냐? 아버지가 걱정이 많으시던데?"

팔짱을 낀 채로 장충도가 의자 등받이에 기대며 물었다.

몇 번이나 같은 얘기가 나왔지만 현호의 생각은 확고했다.

"이미 얘기 끝났어요."

아버지가 걱정하시는 바는 충분히 이해한다.

물론 현호가 수차례 설득을 해서 자퇴 후 검정고시를 보는 것에 허락은 받았지만 자식이 남들과 다른 길을 간다는 것에 쌍수 들고 환영할 부모가 어디 있겠는가.

그리고 시대가 흘러 검정고시에 대한 인식이 좋아진다지만 90년대인 지금은 집안 사정, 고아, 혹은 문제를 일으켜 자퇴를 한 사람들이나 보는 것이라는 인식이 만연했다.

담임도 그랬고, 비단 부모님도 다르진 않았다.

"아무튼 형, 부탁해요."

"그래. 일정 잡히면 알려줄게."

현호는 한 번 더 확답을 받고서 장충도의 방을 나왔다. 거실에 나온 그는 달력을 바라봤다.

'가을도… 그리 오래 남지 않았네.'

*　　　　*　　　　*

"30퍼센트요?"

장충도가 소개해 준 세무사는 성공 보수 30퍼센트를 제안했다.

한마디로 2억 세금을 막아주면 그 보수로 6천만 원을 수수료로 달라는 것이다.

물론 돈 있는 자들이야 그게 확실하고 가능하다면 아쉬울 것 없는 돈이다.

"6, 6천만 원이라니……."

태권도의 어머니는 그 액수를 더듬어 말하고는 입술을 바싹 깨물었다. 그녀로서는 감당하기 힘든 금액이었는지, 힘없이 고개를 가로저었다.

한데 오히려 세무사는 그 모습에 놀라는 모습이었다.

"허 참, 이거 일반적인 건데……. 2억 물 거 6천으로 막으면, 좋은 거 아닙니까?"

현호는 곁에서 가만히 듣기만 했다.

나서서 멱살을 쥘 수도 없는 노릇이고, 사실 틀린 말도 아니다.

수수료가 높다는 건, 그만큼 세무사가 이 건에 자신감이 있다는 얘기이기도 하니까.

"뭐, 생각해 보시고 연락 주십시오."

세무사는 태권도의 어머니 표정을 보며 탐탁지 않은 얼굴로 자리에서 일어났다. 등을 보이고 자신의 책상으로 향하는 그 모습에 태권도의 어머니 역시 서둘러 자리에서 일어났다.

"수, 수고하십시오."

그녀는 자신을 쳐다보지도 않는 세무사에게 허리를 숙여 인사를 하고는 사무실을 빠져나왔다.

현호는 그녀를 뒤따라 나오며 고개를 절레절레 흔들었다.

'장충도, 이 인간을.'

수수료가 세도 너무 세다.

"어머니, 잠시만 계세요."

건물을 나오자 현호는 곧바로 거리의 공중전화 부스를 찾고는 주머니를 뒤적였다.

"형!"

전화를 걸자 장충도는 미안하다며 다른 세무사를 소개해 줬다.

"세무사 장선자?"

현호와 태권도의 어머니는 건물에 붙은 허름한 간판을 보며 눈을 구겨야 했다.

아까의 세무사는 그래도 간판 하나는 번쩍였는데, 여기 세무사 간판은 어째…….

하긴 그만큼 경력이 있다는 뜻으로 봐도 좋을지도.

그런데 왜 이렇게 찝찝할까.

"어머니, 돌아갈까요?"

현호는 거미줄까지 낀 간판을 넋을 놓고 보고 있는 그녀에게 물었다.

"이, 일단 들어가 보자꾸나."

두 사람은 긴가민가한 심정으로 사무실에 발을 들였다.

"어이구, 귀한 분들 오셨네. 어서 오세요!"

유난히 밝은 미소.

세무사 장선자는 마치 귀빈을 모시듯 두 사람을 반겼다.

＊　　　　＊　　　　＊

보름이 지나 드디어 심의 위원회가 열렸다.

그 시간을 태권도와 그의 어머니는 숨을 졸이며 기다렸고, 현호는 오랜만의 일전을 앞에 두고 흥분을 가라앉히며 기다렸다.

"걱정 마세요."

오늘만 벌써 세 번째 하는 말이었다.

위원회는 이날 하나의 사건만 심의하는 게 아니었다.

태권도의 어머니뿐 아니라 다른 민원인들의 심의도 있었다. 뿐만 아니라 그 순서도 맨 마지막이었다.

'오래 걸리네.'

순서를 알고 있었기에 늦게 나오기는 했지만, 오후 3시부터의 기다림이 어느새 4시를 넘기고 있었다.

초조함을 느끼는 것은 태권도의 어머니뿐 아니라 현호도 마찬가지였다. 안심을 시키려 걱정하지 말라고는 하고 있었지만, 기다림이 길어질수록 이상하게 불안이 밀려왔다.

'후……. 별일 없겠지?'

쉬운 일이다. 그리고 심의 위원회에 참석한 적은 이전에도 몇 번 있었다.

소명만 하면 되는 일. 그리 어렵지 않다.

심의 위원회 신청을 하고나서 현호가 좀 더 상황을 자세히 물었을 때, 태권도의 어머니는 작은아버지라는 사람에게 약간의 돈을 받았다고 했다.

전혀 예상 못 할 일은 아니었지만 그렇게 큰돈은 아니었으니 문제가 될 소지는 적다.

확실한 것은, 그녀는 결코 이 일에 대가를 바라고 한 일이 아니라는 것이다. 그저 가족이었기 때문에 부탁을 들어줬을 뿐이다.

그러니 그녀에게 죄가 없는 것이 당연한데, 정작 현실은 그렇지가 않은 것이다.

"다 내 잘못이지."

잘못을 저질러 놓고 뻔뻔하게 대응할 수 있는 사람은 그리 많지가 않다. 대부분의 피해자들은 뭐든 자신의 탓 같고 죄인인 것 같은 게 사실이다.

"어머니 잘못 아니에요. 들어가서도 절대 그런 얘기 하지 마세요. 아시겠죠?"

현호는 신신당부했다.

심의 위원회 사람들에게 이런 얘기가 동정으로 받아들여질 리 없다.

이날만 해도 벌써 몇 건의 심의를 보고 있는데, 그들도 지치는 사람들이다. 어떤 이는 그렇게 잘못한 거 같으면 뭐하러 여기 왔냐고 생각하는 이도 있을 것이다.

사람 마음이란 게, 모두 제 맘 같지가 않다는 것이다.

"아무 걱정 마시고, 저만 믿으세요."

한 번 더 확실하게 말하자 태권도의 어머니는 현호의 미소를 따라 그제야 숨을 크게 내쉬었다.

물론 그녀가 어린 현호의 말을 전부 믿는 것은 아니었다.

그러나 하나뿐인 아들이 가장 믿고 따르는 친구라니 어느 정도 기대감은 가지고 있었다. 물론, 장충도가 소개해 준 세무사도 있었다.

'근데 왜 이렇게 안 와?'

현호는 얼굴을 찌푸리고 복도 끝 계단을 바라봤다.

아직도 세무사 장선자가 오질 않고 있었다.

그녀는 수수료를 10퍼센트 선에서 요구했다.

태권도 모자에게 2천만 원 정도는 쥐어짜면 나오긴 할 돈이다. 떡볶이 가게의 보증금도 있을 테고, 빌라 전세금도 있을 테고, 그도 아니면 여기저기 빌리면 될 테니까.

무엇보다 장선자는 사람을 안심시키는 미소가 있었다.

태권도의 어머니 손을 꼭 잡으며 얼마나 힘드셨겠냐며 위로를 했고, 하소연과 다름없는 어머니의 얘기를 들으며 고개를 계속 끄덕이는 모습 등, 상대를 안심시키는 방법을 알고 있었다.

'한데 영 찝찝하단 말이야.'

일반적으로 세무사 사무실에는 자신이 맡고 있는 고객들을 하나하나 파일철로 만들어 구비한다.

그 파일철 하나가 돈이니만큼 꼼꼼히 관리를 한다.

한데 장선자의 사무실은 어째 썰렁했다.

선반도 텅 비어 있고, 책상도 휑하고.

끼리리.

현호가 초조히 장선자를 기다리는 사이 문소리가 들리고 30분 전에 들어갔던 민원인이 나왔다. 그리고 잠시 뒤 안경을 쓴 남자가 문을 열고 나와서 복도를 바라봤다.

복도 의자에는 이제 단둘밖에 없었다.

현호와 태권도의 어머니였다.

"들어오세요."

"저기 아직······."

입술을 아득 깨문 현호가 다시 한 번 계단을 바라봤다. 그때였다.

사람 좋은 미소를 보이며 장선자가 달려오고 있었다.

마치 슈퍼 영웅처럼.

'저 여자가 진짜.'

눈을 부릅뜬 현호의 시선을 피해 장선자는 앉아 있는 태권도의 어머니에게 찰싹 달라붙어 그녀를 이끌었다.

"아이고, 차가 너무 막혀서. 호호호."

현호는 한마디 꺼내려다가 참기로 했다. 이제 시작인데 서로가 감정을 소모할 필요는 없었다.

"어머니, 들어가세요."

"그, 그래."

힘겹게 고개를 끄덕이는 그녀와 함께 심의 위원회가 있는 회의실 문을 열었다.

*   *   *

'후……. 이제 시작인가.'

회의실은 민원인이 앉는 자리를 기준으로 'ㅁ'자 형태였다.

민원인 맞은편에는 지난번 문구점 사건에서 장충도에게 포상을 내렸던 세무서장이 앉아 있었고, 왼쪽으로는 세무 공무원들이, 오른쪽으로는 외부 위원들이 앉아 있었다.

아마 세무사, 회계사, 변호사 순일 것이다.

'다들 지쳐 있네.'

현호의 생각대로 연이은 심리 일정으로 인해 모두 웃음기 없는 얼굴로 서류만을 바라보고 있을 뿐이었다.

그나마 다행이라면 왼편 세무 공무원들이 위치한 자리가 창가여서 오후의 햇살이 회의실에 충만하게 들어차 있었다.

덕분에 우중충한 분위기는 벗어날 수 있어서 현호는 내심 다행이라고 생각했다.

보통 이런 일은 자료를 가지고 반박을 하는 게 정답이지만, 아무래도 사람이 평가를 하는 일이니 감정과 사견이라는 게 들어가게 마련이다.

그러니 위원회 사람들이 기분 좋은 햇볕 아래서 이야기를 듣는다는 것은 나쁘지 않은 시작이다.

'어? 저 사람은……'

세무서장을 제외한 심의 위원회 구성원은 총 여섯, 민원인 의자에 엉덩이를 붙이며 그 여섯의 면모를 살피던 현호는 미간을 찌푸렸다.

바로 눈에 익숙한 얼굴이 보였기 때문이다.

'놀랄 일이네. 여기서 최 조사관을 또 보다니.'

전혀 생각지 못한 일이다. 하지만 그다지 상관은 없었다.

오히려 문제는 나머지 세무 공무원 두 사람이었다.

한 사람은 낯빛이 어둡고 칙칙한 것이 깐깐해 보였고, 한 사람은 중년의 여성이었는데 왠지 정신이 딴 데 팔려 있는 듯 보였다.

꼬락서니를 보아하니 기분 좋은 햇볕도 그다지 쓸모가 없을 것 같다는 생각이 드는 외모들이었다.

'외부 위원들은… 크게 문제없을 것 같은데.'

외부 위원들이야 대부분이 형식적으로 앉아 있을 뿐이다.

자문이라는 성격을 가지고 이 일을 하고 있을 뿐, 본업이 더 중요한 사람들이란 얘기다.

"자, 먼저 성함하고 사는 곳 말씀해 주시겠습니까?"

세무서장이 입을 열었다.

그러자 태권도의 어머니가 결심한 듯 입을 열었다.

"제 이름은 서옥순이고, 사는 곳은 서울시 강남구……."

얘기를 꺼내는 내내 그녀의 손이 바르르 떨려서 현호가 팔을 뻗어서 그 손을 감쌌다.

"옆에 계신 분은?"

"예, 세무 대리인 장선자입니다. 호호."

"그럼 그 옆에 분은……."

"친구 어머님입니다. 물론 저 역시도 이 사건에 대해서 충분히 인지하고 있고요."

현호는 자신을 소개함에 있어 위원회 구성원들과 차분히 시선을 마주했다. 그들 모두에게 자신의 존재를 인식시키기 위해서였다.

세무서장은 더 이상의 질문 없이 고개를 끄덕였다.

현호가 참석하는 데 있어 특별히 규정에 걸리는 것은 없기 때문이다.

"그럼 서옥순 씨에게 먼저 묻겠습니다."

"예, 예."

"먼저 제출한 소명자료를 확인해 봤는데, 본인은 이 일을 전혀 몰랐고, 그 어떤 대가도 받지 않았다고 했습니다. 맞습니까?"

"예, 맞습니다."

대답이 됐다는 듯, 세무서장이 서류를 내려놓자 이제는 다른 위원들의 차례였다.

"이걸 명의대여라고 하는 건데, 명백한 불법입니다. 정말 서옥순 씨는 모르고 하신 일입니까?"

낯빛이 어두운 세무 공무원이었다.

위원들 각자의 앞에는 이름이 적힌 명패가 놓여 있었는데, 지금 질문한 남자의 앞에는 '권혁'이라고 적혀 있었다.

"몰랐습니다. 그게 명의대여인 줄도 몰랐습니다. 나중에야 잘못을 알았는데……. 그게 또 죄는 아니라고, 다들 그렇게 한다고……."

태권도의 어머니는 조금은 횡설수설했지만 그래도 소신을 다해 얘기했다.

현호 역시도 그녀의 말에 귀를 기울였다.

미리 서로가 대화를 나눴고, 두 번 정도 입을 맞춰봤다.

아무리 죄가 없고 억울한 피해자라고 해도 진실이 저절로 밝혀지는 것은 아니다. 충분한 준비를 해야 하고, 보다 면밀하게 반박해야 한다.

물론 전략도 들어가야 한다. 무조건 아니라고 잡아뗄 게 아니라, 상황을 심의 위원들에게 납득시켜야 한다.

어찌 됐든 이 세상은 피해자가 피해를 입증해야 하는 세상이다.

"그러니까 지금 그 말씀은 알고 했다는 얘기인 겁니까, 아닌 겁니까?"

권혁이 그녀의 말을 툭 자르고 빈정대며 되물었다.

현호는 코끝을 찌푸렸지만, 지금은 가만히 듣기만 했다.

슬슬 세무사 장선자가 치고 나가길 바라지만 그녀 역시도 아직은 때를 기다리는 듯했다.

"아, 아니요. 몰랐다니까요."

"몰랐다니 그게 말이 됩니까? 이거 범죄잖아요. 그렇게 세금 빼돌리는 거 뻔히 알면서 몰랐다고 하면 됩니까? 그럼 오늘 모인 사람들은 예, 잘 알겠습니다, 하고 끝입니까?"

권혁이 못마땅한 얼굴로 쏘아붙이더니 눈을 찌푸렸다.

그러자 태권도의 어머니가 거의 울먹이는 시선을 바닥에 떨어뜨렸다.

"그리고 솔직히 민원인께서 사업장의 실소유자라고 주장하고 계시는 권태봉 씨랑 짜고 한 건지……."

"저기 잠깐만요."

이때, 장선자가 말을 잘랐다. 그러자 권혁이 이마를 찌푸렸다.

"세무사님께서는 잠시 뒤에……."

"그게 말이죠."

드디어 장선자가 나선다.

현호는 기대 어린 시선으로 장선자를 바라봤다.

위원회의 시선도 그녀에게 쏠렸다.

세무 대리인이 입을 여는 첫 순간이기에 다들 촉각을 곤두

세웠다.

"우선……."

장선자는 한마디를 꺼내고, 천천히 숨을 들이켠 다음 눈을 번쩍 떴다.

"지금 아무것도 확정된 것 없는 상황입니다. 명의대여 사실 여부를 밝히러 온 것이지, 경찰서 온 것 아닙니다. 또한 여기 서옥순 씨도 엄연히 세금 내고 떳떳하게 사는 대한민국 국민입니다. 그러니 취조하듯 하지 마시고, 질문할 거 있으면 질문하시고, 저희는 대답할 것 있으면 대답하겠습니다."

이럴 수가.

'이 여자 뭐야?'

현호는 너무 놀라서 눈을 크게 깜빡였다.

지금은 공무원들의 눈에 들어서 좋게 넘어가야 하는 상황이다.

속된 말로 지금 뒤를 핥을 상황에 장선자는 눈에 불을 켜고 대들듯이 말을 꺼낸 것이다.

"뭐, 뭐라고요?"

권혁의 얼굴에 당황한 기색이 역력하다.

물론 세무서에서 이 사건을 고발하지 않는 한은 장선자의 말이 정답이다.

그리고 이런 일로 세무 공무원이 경찰서에 들락거린다는 소리는 들어본 적도 없다. 특무과? 이런 작은 사건까지도 끼어

든다면 그 이름이 아까울 것이다.

하지만 지금은 그게 문제가 아니잖은가.

"아니, 지금 대체……."

"다시 한 번 말씀드리는데, 취조하듯 말씀하시면 저 정식으로 이 심의 위원회 구성에 이의를 제기할 겁니다. 아시겠습니까?"

장선자의 날카로운 시선이 권혁에게 달려들었다.

"허허! 우리 세무사님께서 참 공격적이시네요."

보다 못한 세무서장이 한마디를 꺼냈다. 눈에 바싹 날이 서 있다.

감히 너희가 그런 식으로 하고도 좋은 결과를 바라느냐는 시선이었다.

현호는 이 상황을 단박에 깨달았다.

공무원들은 적이 아니다. 적으로 대하는 순간 이들은 어김 없이 칼을 휘두른다.

'젠장, 끝까지 곁에 있을걸.'

사실 현호는 지난번 태권도의 어머니와 함께 장선자의 사 무실에 방문했을 때, 중간에 아버지의 심부름이 있어 사무실 을 빠져나왔었다.

'끝까지 있었어야 했는데.'

실수였다. 이렇게 엉망인지 그때 파악했어야 했다.

장선자는 겉모습과는 달리 이제 막 개업한 생초짜가 틀림 없다.

분명한 건 이 여자, 제정신이 아니라는 것이다.

'젠장, 장충도!'

보다 못한 현호가 입을 열려는 때였다. 또다시 장선자가 입을 열었다.

"죄송합니다……. 그러니까 제 얘기는, 여기 계신 조사관님들의 생각을 충분히 알고 있다는 얘기입니다. 당연하죠. 당연히 의심부터 하셔야죠. 솔직히 어떻게 알겠어요. 짜고 쳤다고 생각하는 게 우선인 거죠."

장선자는 조금 전과 달리 최대한 얼굴을 풀며 말하고 있었다.

'뭐야, 이 여자?'

현호는 그녀의 표정과 태도가 순식간에 바뀐 영문을 알 수가 없었다.

장선자는 계속했다.

"하지만… 여러분도 아시겠지만 이런 일, 얼마나 당황스럽습니까. 여기 서옥순 씨는 그저 작은아버지라는 사람이 자신이 신용불량자라고, 그러니 별일 아니라고 해서 이름을 빌려주신 겁니다. 그 실수 하나로 서옥순 씨는……."

잠시 숨을 고르고 이어간다.

이야기가 길어지면 변명으로밖에 들리지 않는다.

순간의 타이밍을 맞춰야 한다.

"서옥순 씨는 이 일을 해결하려고 '가락유통'의 실사업주인 권태봉 씨 집 앞에서 물 한 모금에 주린 배를 채우며 한 번만 살려달라고 매일 비셨습니다. 살려달라고, 원망하지 않을 테니 세금만 내달라고, 내가 피해자라 한 번만 얘기해 달라고…… 이 위원회에 참석하라는 통보를 받으셨으면서도, 바로 어제까지도 찾아가서 비셨습니다."

장선자는 상체를 들썩이며 얘기를 했다. 심지어 눈시울까지 붉어졌다.

마치 드라마 속 억울한 누명을 쓴 여주인공을 보고 있는 듯했다.

'이 여자… 보통이 아니네.'

현호는 이제야 얼추 상황을 파악할 수 있었다.

좀 전 장선자는 일부러 상황을 악화시켰던 것이다.

정확한 의도는 알 수 없지만 어쩌면 위원들의 기선을 한번 제압하려는 수였을지도 모른다.

아무튼 지금의 호소로 인해서 여태의 공격적인 시선들이 호기심의 시선으로 바뀌고 있었다.

자, 이쯤 되면 현호도 손을 보태야 했다.

"그뿐이 아닙니다. 그 작은아버지가 거래처 대금도 처리 안 해서 그 사람들이 서옥순 어머니 집에 매일 찾아와서 돈 내놓으라고 성화입니다. 그러니 이 집 아들은 또 오죽할까요. 학교도 못 가고, 거래처 사람들 피해서 거리를 돌아다닙니다. 좀 전의 저희 세무사님의 행동, 과했다는 거 압니다. 하지만 저희도 피해자일 수 있다는 가능성을 조금만 봐주셨으면 합니다. 부탁드립니다."

긴 연설을 끝낸 현호는 천천히 가슴을 들썩이며 외부 인사들을 바라봤다. 눈빛들이 흔들리고 있다.

그들이야 대충 자리를 채우고는 있어도 결국에는 사람.

한마디로 귀가 동하는 상황이라는 것이다.

현호가 장선자를 돌아봤을 때, 서로가 마주친 얼굴은 만족한 미소가 스쳐보였다.

"자, 자."

상황이 이쯤 되자 내내 조용히 있던 최 조사관이 분위기를 진정시키려 나섰다.

"흥분들 가라앉히시고 다시 시작하죠. 어찌 됐든, 소명하러 오신 거니까, 차분히 얘기를 풀어야 심의할 것 아닙니까? 안 그렇습니까?"

최 조사관의 한마디에 다시금 서류들이 들썩였다. 덕분에 분위기가 원점으로 돌아왔다.

"그럼 세무사님, 다시 얘기하시죠."

최 조사관의 시선이 장선자에게 닿았다.

"예, 흠, 흠……."

목소리를 가다듬은 장선자는 손에 쥔 서류에 힘을 주었다.

준비된 무사는 칼끝을 상대에게 겨누는 법.

"국세기본법 제14조 제1항에는 '과세의 대상이 되는 소득, 수익, 재산, 행위 또는 거래의 귀속이 명의일 뿐이고 사실상 귀속되는 자가 따로 있는 때에는 사실상 귀속되는 자를 납세

의무자로 하여 세법을 적용한다'라고 규정하고 있고······."

장선자는 미리 준비된 관련 조항을 읊었다.

원론적인 주장이지만 분명 맞는 얘기였다. 그리고 좀 전처럼 감정에 호소하는 목소리도 아니었다.

자료로 반박할 때는 자료로써 얘기하면 된다.

"그리고 같은 법 제14조 제2항에는 '세법 중 과세표준의 계산에 관한 규정은 소득, 수익, 재산, 행위 또는 거래의 명칭이나 형식에 불구하고 그 실질내용에 따라 적용한다'라고 규정하고 있으며······."

"예, 무슨 말씀인지 알겠습니다."

이번에도 권혁이 말을 끊었다. 그도 그 정도 조항은 충분히 인지하고 있다는 투였다.

장선자는 자신의 말이 끊겼음에도 여태와 달리 미소를 보였다.

더 이상 날 선 모습은 찾아볼 수 없었다.

"그럼 추가 자료 제출하겠습니다."

그녀는 허리를 꼿꼿이 펴고 일어나서 통장 내역이 담긴 서류 봉투를 세무서장에게 제출했다.

"자료에 대해 간략히 설명을 드리자면, 서옥순 씨의 과거 은행 거래 내역입니다. 그리고 서옥순 씨가 떡볶이 장사를 하면서 성실히 세금을 냈다는 자료들도 포함돼 있습니다."

할 말을 끝낸 장선자가 심의 위원들을 돌아봤다.

그 순간 권혁이 비웃음이 섞인 미소를 보였다.

*   *   *

지금 상황을 정리하자면 심의 위원회는 세금을 받겠다고 눈에 불을 켠 이들이고, 태권도의 어머니는 세금을 못 내겠다고 온 것이다.

그러니 대립각이 세워질 수밖에 없고, 권혁의 비아냥거리는 시선과 못마땅함이 어쩌면 당연했다.

"한데 여기 내역을 보니까 실질적 사업주라고 주장하고 계신 권태봉 씨에게서 서옥순 씨가 돈을 받은 내역이 있네요?"

"예, 맞습니다."

권혁의 질문에 장선자가 고개를 끄덕였다.

"흠, 그렇다면 서옥순 씨가 명의대여를 인지했고, 충분히 대가를 받고 거래했다고 볼 수 있지 않나요?"

이번에는 권혁의 옆에 있는 김강자 위원이 차분하게 질문을 이었다. 그 얼굴은 여태껏 삐딱하게 질문을 했던 권혁과는 달린 신중한 모습이었다.

"그렇게 보신다는 거 이해합니다. 하지만 이는 서옥순 씨와 권태봉 씨의 관계를 우선 살펴봐야 합니다. 왜냐하면 둘은 생면부지의 남이 아닌, 돌아가신 서옥순 씨 부군의 동생이 권태봉 씨라는 혈연관계가 있기 때문입니다. 현재 부군 사이에 낳은 아들을 서옥순 씨 홀로 키우고 있습니다. 하니 이 돈은, 어떤 대가라기보다는 도움의 손길로 볼 수 있지 않을까요?"

"흠, 뭐 해석하기 나름이지만……."

김강자 위원이 말꼬리를 흐리자 장선자가 재빨리 말을 이어 붙였다.

"받은 돈이라고 해봤자 지난 5년간 3백만 원도 안 됩니다. 수억의 세금이 나올 정도로 안정적인 사업인데, 정말 알고서 명의대여를 한 것이라면 고작 그 돈 받을까요?"

이제 현호는 한시름 놓고 상황을 지켜볼 수 있었다.

처음부터 장선자에 대해 큰 기대는 없었다.

그녀에게는 세무사라는 직함으로 자리를 채우는 것, 그 이상은 기대하지 않았었다. 상황이 잘못돼도 여차하면 그가 직접 나설 생각이었다.

그랬는데, 지금 보니 이 여자 보통이 아니다.

'제법인데.'

현재 장선자는 상식을 논하고 있었다.

하지만 상식은 법리 해석 이전에 주장하는 것일 뿐, 큰 의미는 있지 않다.

다만 이들은 법관이나 변호인들이 아닌 그저 공무원으로 구성된 의원회이기 때문에 감정과 상식의 호소는 분명 효과가 있을 것이다.

"흠……. 그럼 제출한 건 이게 다입니까? 다른 건 또 없습니까?"

이번에는 최 조사관이 물었다.

그는 갑론을박을 하는 위원들과는 달리 중간에서 상황을 차분히 지켜보는 듯한 모습이었다.

"예, 일단은 그게 다입니다. 물론 원하시는 자료가 있으시다면 더 보강하겠습니다."

장선자가 힘주어 말하고 위원들의 반응을 살폈다.

마치 정상에 올라 숨을 고르고 이마의 땀을 훔쳐 내는 듯한 모습이었다.

물론 현호 역시도 이 정도면 소명은 충분하다는 생각을 가졌다.

그동안 태권도의 어머니는 직접 운영하는 떡볶이 가게에서 발생한 세금도 성실히 납부해 왔고, 오늘 제출한 자료에서도 눈에 띄는 지적 사항은 없어 보였다.

초반 장선자의 행동은 당황스러웠는데, 지금 보니 오히려 분위기가 한풀 꺾였던 것이 주효한 듯했다.

'흠, 지금까지의 대화도 그다지 불리해 보이진 않고……'

어차피 여기 모인 위원들은 세금을 추징하는 사람들이다.

태권도의 어머니가 아니라고 판단이 든다면, 이제 타깃을 바꿔 태권도의 작은아버지, 그러니까 권태봉에게서 세금을 받아내야 한다.

그러니 결정해라. 서옥순은 피해자라는 사실을.

"한데 문제는 말이죠, 지금 권태봉 씨에게 받은 돈이 일정한 금액에 일정한 시기에 들어왔다는 겁니다. 86년부터 그해 말까지, 그리고 작년 1월부터 6월까지, 총 13개월에 걸쳐 매달 말일쯤에 20만 원씩 들어왔어요?"

갑자기 권혁이 좀 전에 끝낸 얘기를 다시 꺼내 들었다.

이미 지나간 얘기를 다시 꺼내 든다면 그에 대한 답은 전보다 구체적이어야 한다.

하지만 이건 조금 너무하는데.

'언제 적 거를…… 겨우 3백도 안 되는데, 그걸 또 얘기해?'

기가 막혔지만 어찌 됐든 질문이 들어왔으니 입은 열어야 한다.

장선자가 눈을 번쩍 떴다.

"사실, 아까 얘기하지 못한 게 있는데, 현재 서옥순 씨는 떡볶이 가게를 하고 있습니다."

"그건 저희도 알고 있습니다."

"예. 제가 얘기하지 못했다는 것은, 떡볶이 가게를 혼자 운영하고 계시다는 겁니다. 지난 10년간 하루도 빠짐없이 장사를 하셨습니다. 그런 분이 다른 일을 어떻게 하시겠습니까."

장선자는 한 치의 물러섬도 없었다.

태권도의 어머니는 10년 동안 떡볶이 가게를 운영하면서 이날 여태껏 단 하루도 쉰 적이 없다고 했다. 주말이든, 눈이 쏟아지든, 비가 오든.

"흠, 하루도 빠짐없이 가게를 하셨다고요? 그게 이 일과 무슨 상관이 있나요?"

권혁이 이번에도 태클을 걸었다.

"혼자서 떡볶이 가게 하나 꾸리기도 벅찬데, 상식적으로 다른 사업체까지 어떻게 운영을 할까요?"

"하루도 빠짐없이 했다는 건 우리가 어떻게 압니까?"

"조사해 보시면 아실 겁니다. 건물주에게 확인해 볼 수도 있고, 주위 상가에서 확인할 수도 있고."

"우리가 경찰입니까?"

권혁이 고개를 내저었다. 그 순간 가만히 있던 현호는 저도 모르게 한마디를 툭 뱉었다.

"특무과가 있잖아요?"

그 한마디에 갑자기 다들 조용해졌다. 특히 최 조사관의 눈가가 기울었다.

'뭐야, 이런 케이스에서 특무과가 왜 나와?'

심의에서 특무과가 거론된 적은 처음 있는 일이었다.

특무과의 행적은 문구점 사건 이후로는 꽤 비밀스럽게 이뤄지고 있다.

아무래도 경찰이나 검찰 같은 공권력이 존재하는 상황에서 특무과라는 이미지가 겹칠 수 있기 때문에 그 존재는 사실이되, 그 움직임은 드러내지 않으려 조심하는 것이다.

그런데 지금 민원인의 대리인이 특무과를 마치 당연하다는 듯이 논하고 있었다.

'그러고 보니 충도가 아는 사람이 심의를 받는다고 했었지. 아마…….'

그제야 최 조사관은 바쁜 일정으로 잠시 잊고 있던 사실을 떠올렸다.

다른 위원들과 대리인 사이에서 재차 질문이 오가는 동안 최 조사관은 제출된 자료를 다시금 손에 쥐었다.

'흠……. 대리인 이름이… 장선자, 그 옆에는 차현호?'

어딘지 낯이 익은 이름이다.

'어디서 들었더라.'

최 조사관이 생각을 곱씹는 사이 권혁이 다시 질문을 이었다.

"그리고 여기 자료를 보면 예전에 해당 사업장에, 그러니까 가락유통에 저희가 현지 확인차 한번 나갔네요."

"네?"

내내 거침없던 장선자의 눈이 큼지막해졌다. 현호라고 다르진 않았다.

이는 듣지 못한 얘기다.

서둘러 태권도의 어머니를 바라봤지만 그녀도 난생처음 듣는 얘기인 듯했다.

"그건… 저희도 금시초문입니다. 말했듯이 저희는 그 사업체와 전혀 연관이 없어서 그 자리에 있지 않았……."

이번만은 장선자도 말끝을 흐리고 말았다.

당연한 일이다.

실제 사업주가 아니었으니 그 자리에 있었을 리도 없고.

"그런데 말입니다."

갑자기 최 조사관이 끼어들었다.

그는 턱을 쓸어내리며 자료들을 살피고 다시 고개를 들었다.

"심의신청서의 서옥순 씨 사인하고, 예전에 저희가 나가서 받은 확인서의 사인하고… 일치합니다. 이게 어떻게 된 거죠?"

"뭐, 뭐라고요?"

현호는 입에 고인 침을 꿀꺽 삼켰다. 이게 어찌 된 일인가.

뒤통수를 세게 한 대 얻어맞은 기분이었다.

아찔해서 현기증까지 일 정도였다.

"자, 확인해 보세요."

얼떨결에 일어선 장선자는 그가 내민 서류를 확인하더니 얼굴을 찌푸렸다. 이어서 현호와 태권도의 어머니도 다가가 서류를 확인했다.

'똑… 같잖아.'

지금 막 심의 위원회가 빼도 박도 못 하는 증거를 내밀었다.

장선자는 마른침만 연거푸 삼켰다.

반전을 꾀할 아이디어를 떠올리느라 미간을 한가득 찌푸리고 있었다.

"저, 잠시 화장실 좀 다녀와도 될까요?"

현호였다.

여태 공들여 내민 칼끝이 지금 막 허무하게 부러졌다.

지금 이 상황에서 당장 그가 낼 수 있는 유일한 목소리였다.

"그러세요."

세무서장이 고개를 끄덕이자 현호는 태권도 어머니의 떨리는 동공을 뒤로하고 심의 위원회에서 잠시 몸을 피할 수 있었다.

비록 태권도 어머니를 적진에 홀로 둔 기분이지만, 당장은 어쩔 수가 없었다.

일단은 차분히 생각을 정리해야 했다.

길가에 널브러진 곡괭이라도 찾아서 주워 들려면 저 자리에서 잠깐은 나와야 했다는 얘기다.

'하……'

화장실에 들어온 현호는 얼굴부터 씻어냈다.

심의 위원들의 시선이 달라붙어 진득한 느낌을 주고 있었다.

박박 닦아내고서 거울을 바라봤다.

'어떻게 된 거야.'

처음에는 별일 아닌 일이었다.

그런데 최 조사관이 내민 사인과 태권도 어머니의 사인은 일치했고, 상황은 꼬였다. 그럼 설마 태권도의 어머니가 진짜 대가를 바라고 했다는 얘기란 말인가.

'날 속인 거야?'

의심.

지금 순간 현호의 가슴에는 의심이 피어올랐다.

세무사들은 고객들 말을 전부 믿지 않는다.

그들은 담당 세무사에게도 아무렇게나 거짓말을 한다. 자신이 유리한 것은 떠들고, 불리한 것은 입을 다문단 말이다.

현호도 처음 사무실을 개업했을 때 고객의 말을 철석같이 믿었다가 낭패를 본 적이 있었다.

그런 일은 겪어볼 만큼 겪어봤다.

'그랬는데 또 당하는 건가.'

또 어리석게도 실수를 반복한 걸까. 한유라 사건과 그때에 이어서 또…….

반복된 실수와 반복된 깨달음.

'아니야! 아니야……. 아닐 거야.'

현호는 힘껏 고개를 가로저었다.

다시 한번 얼굴을 박박 문질렀다.

믿고 싶은 게 아니라, 지금까지 현호가 본 태권도와 그의 어머니는 분명 억울한 사람들이었다. 다른 누구도 아닌 현호 자신이 직접 목도한 사실이다.

'생각을 정리하자, 차현호.'

현호는 읊조림 속에서 거울에 비친 입술을 아득 깨물었다.

'그래, 가정해 보자.'

당장 태권도의 어머니에게 사실을 확인할 수는 없으니 어떻게든 결론을 내리고 다시 안으로 들어가 싸워야 한다.

현호는 손목시계를 살폈다.

1분.

1분 안에 생각을 정리하고 들어간다.

현호는 스톱워치를 힘껏 눌렀다.

'분명 태권도의 어머니는 갑자기 오라는 소리를 들었을 거야.'

사인이 진짜라는 가정하에 머릿속에 상황을 그려봤다.

놀라운 기억력으로 지나간 순간들을 실제처럼 생생하게 떠올릴 때처럼 더 자세히, 더 생생하게.

지금 확인된 사실은 세무서가 가락유통에 실태 조사를 나갔었다는 사실이다.

사업이 이뤄지고 있는지를 확인했을 것이고, 끝나고 확인서를 받을 때, 아마 권태봉은 그 자리에 있었을 것이다.

혹은 없었더라도 그 사실을 알았고, 공무원에게 확인서를 받기 위해 태권도의 어머니를 그 자리 있게 했다. 그리고 사인을 하게 한 것이다.

간단하다.

아주 간단한 그 하나가 권태봉이 꾸민 트릭인 것이다.

'그래…… 별거 아니야. 간단한 거야.'

하지만 그 간단하게 만들어낸 결과는 너무도 단단하다.

권태봉은 실제 사업주가 아니었다는 알리바이를 만들어낸 것이다.

그리고 이걸 현호는 미리 알고 있어야 했다.

태권도의 어머니가 미처 얘기하지 못했다면, 그것도 현호의 잘못이다.

'내 실수야.'

삑.

1분이 지났다.

더 이상 지체할 수 없다.

현호는 화장실을 나와 복도를 가로질렀다. 숨을 크게 들이쉬고 심의 위원회실 문을 열었다.

"죄송합니다."

현호가 자리에 앉으며 억지로 미소를 끌어 올리고 태권도의 어머니와 장선자를 바라봤다. 그나마 장선자는 진정이 된 듯 보였다.

"다시 얘기 시작……."

현호가 무릎에 올린 주먹에 힘을 주고 입을 열려는데, 갑자기 오른편의 외부 인사들 중 한 명이 손을 들고 세무서장을 바라봤다.

"서장님, 시간이 너무 늦었는데요. 오늘은 이쯤 하고, 기일을 다시 잡고 2차 심의를 진행하셨으면 합니다."

"흠……."

세무서장은 벽에 걸린 시계를 한번 살피더니 눈썹을 찌푸렸다. 2차 심의는 좀처럼 없는 일인데.

"좋습니다. 그럼 2차 심의는 일주일 뒤, 오후 2시에 이 자리에서 다시 열겠습니다."

그러자 기다렸다는 듯이 드르륵 소리가 들리고 외부 인사들이 자리에서 일어났다. 공무원들은 서류를 매만지고 있었다.

천운이었다.

마지막 순번이라는 것이 이렇게 도움이 될 줄이야.

'하…….'

현호는 그제야 떨림에 잠긴 태권도 어머니의 손을 볼 수 있었다. 처음 이곳에 들어왔을 때보다 한층 더 떨고 있었다.

그 손에 자신의 손을 말없이 포갰지만 실상은 현호 자신의 등줄기에도 미세한 떨림이 있었다.

"그럼, 그때 다시 뵙겠습니다."

일어선 현호는 정중하게 허리를 숙이고 뒤돌려고 했다. 그때 최 조사관의 목소리가 툭 하고 들렸다.

"말씀하신 내용 중에서 권태봉 씨가 신용불량자라고 언급하셨는데, 당시 권태봉 씨는 신용불량자가 아니었습니다. 물론 지금도 아니고요."

"예?"

"우리도 그냥 쉽게 일하는 사람들 아닙니다. 권태봉 씨에 대해서 어느 정도 조사는 해봤고, 조사 결과 그 사람, 신용불량자가 아니었습니다. 그러니까 좀 더 확실한 증거를 가져오세요."

현호는 잠시 아무 말도 못 하고 그를 바라보다가 고개를 끄덕이고 회의실을 나왔다.

지금 최 조사관은 현호에게 팁을 하나 준 것과 다름없었다.

하지만 그 팁을 받은 것에 현호는 자존심이 찢어진 기분이었다.

이제 현호는 더 이상 어리고 약한 소년이 아니었다.

그리고 이 자리에 나왔다는 것은 어쩌면 회귀 후 그가 맡은 첫 사건이자 일이었다. 그 일을 마무리 짓지 못하고 도망치듯 나온 것이다.

어리니까 실수한 거라고? 아직 어리니까 실패해도 된다고?

개소리다. 개소리다…….

'멍청한 놈!'

＊   ＊   ＊

세상이 무너진 건 아니다.

이전 삶에서의 현호였다면 그저 고객에게 안 되겠네요, 하고 넘어가면 되는 일이었다.

항상 백 퍼센트의 성공률은 없는 법이니까.

하지만 오늘의 실패는 조금 달랐다.

이전 생에서의 41년을 헛산 기분이었다.

또한 그 대상이 태권도의 어머니라는 점이 현호에게 큰 대미지를 주고 있었다.

'하…….'

착잡하다.

이제야 비로소 내뱉는 한숨이 진짜 한숨 같았다.

어른의 한숨이다. 지치고, 짜증 나고, 다 그만두고 싶은.

"수고하셨습니다."

침묵을 깨고 태권도의 어머니가 장선자에게 허리를 숙였다.

"고생하셨어요."

장선자는 오늘 최선을 다했다. 오히려 현호는 그녀에게 놀라고 있었다.

'장선자.'

충분히 기억해 둘 만한 인물이었다.

"학생도 잘했어요. 아까 깜짝 놀랐네."

그녀는 초반에 자신의 연기를 이어받아 호소력 짙은 목소리를 낸 현호를 칭찬했다.

"세무사님 생각은 어떠세요?"

현호는 그녀의 의견을 물었다. 착잡한 시선으로 그녀는 고개를 가로저었다.

"힘들 것 같아요. 빼도 박도 못 할 것 같아. 권태봉이라는 사람이 아주 작정한 것 같아요. 돈 입금한 내역을 봐도, 딱 처음 반년하고 폐업 전 반년간 넣은 것 봐. 이거 처음부터 계획한 거야."

그 의견은 현호도 동의했다.

다만, 이렇게 치밀하다는 게 짜증 날 뿐이다.

"그리고 사인……."

장선자는 입술을 잘근 깨물었다. 현호도 다르지 않았다.

"어머니 기억나시는 거 있으세요?"

"글쎄… 하……."

하늘이 꺼질 듯 숨을 내쉰다.

"오늘은 이만하죠. 많이 놀라셨을 텐데."

장선자는 태권도 어머니의 어깨를 어루만졌다.

"그럼, 전 이만 가볼게요."

장선자는 고개를 한번 숙이고 자리를 떠났다.

그녀가 멀어지자 태권도의 어머니는 현호를 바라보며 미소를 보였다.

"현호, 너도 최선을 다했어. 그만하면 됐다. 나는 괜찮아."

"그게 무슨 말씀이세요? 아직 안 끝났어요."

그래, 아직 안 끝났다.

생각지 못한 일에 조금 충격을 받았을 뿐, 포기한 게 아니었다.

하지만 태권도의 어머니는 미소와 함께 현호의 볼을 어루만질 뿐이었다.

현호는 그녀의 손을 붙잡고 천천히 내렸다.

그리고 힘주어 고개를 끄덕였다.

"할 수 있어요. 조금 방심했는데, 방법은 있어요. 그게 어떤 답이든, 항상 방법은 있었어요."

그래. 공무원에게 인사를 하는 것도 방법이었고, 조사원을 써서 뒷조사를 한 것도 방법이었고, 때로는 경쟁 업체를 신고해서 시선을 돌리는 것도 하나의 방법이었다.

그런 비열한 방법들을 욕해도 어쩔 수 없지만, 위기의 매 순간 방법을 찾으며 어떻게든 살았다.

방법은 분명 있을 것이다.

"서류 살펴볼게요. 처음부터 훑어보죠. 그리고 우리가 할 수 있는 최선을 다해서 소명하면 돼요. 어차피 이대로 가면 다수결로 결정이 날 거예요. 저 안의 일곱 중에 4명만 잡으면 된다는 얘기예요."

그래, 다수결이다. 그것도 방법이다.

그들의 감정에 호소하든, 그들의 비아냥 어린 시선에 무릎 꿇든, 그들에게 동정을 한 몸에 받든.

어떻게든 되면 되는 것 아닌가.

그러면 태권도와 그의 어머니는 살 수 있는 것 아닌가.

일단은 집으로 돌아가 상황을 논의하기로 했다.

하지만 현호가 침묵 속에서 생각을 정리하고 있으니 그녀도 심상치 않은 분위기를 감지했는지 오는 내내 말이 없었다.

쾅쾅!

쾅! 쾅! 쾅쾅!!

빌라 입구에 도착하니 엄청난 소리가 울리고 있었다. 그 소리에 태권도 어머니의 발걸음이 멈췄다.

"무슨 소리지? 집 쪽인 것 같은데요?"

태권도나 쭉정이들은 학교에 있을 시간이다. 현호는 이 일 때문에 오늘은 학교를 빠졌다.

"애들 올 시간은 아닌데."

현호의 속삭임과 달리 태권도의 어머니는 이미 누군지 아는 눈치였다. 얼굴에 핏기가 사라지고, 입술이 바들바들 떨리고 있었다.

"현호야, 가자."

태권도의 어머니가 갑자기 발길을 돌렸다.

"예? 누군데요?"

"가락유통… 거래처 사람들이야."

"아……."

현호는 눈을 찌푸렸다.

'그냥 확!'

맘 같아서는 모조리 때려눕히고 싶었다.

저 새끼들 두들겨 팬 다음에 재물손괴죄로 신고해 버릴까?

그 같은 생각을 이으며 태권도의 어머니를 따라 빌라 앞에서 발길을 돌리려던 그때였다.

갑자기 현호가 자리에서 멈췄다.

"왜, 왜 그러니? 가면 안 된다니까."

"어머니……."

현호는 약간 동공이 풀린 시선이었다.

그저 허공을 바라보고 있었다. 최소한 태권도의 어머니 눈에는 그렇게 비쳤다.

현호는 지금, 얼마 전 태권도가 했던 얘기를 기억 속에서 확인하고 있었다.

"작은아버지 거래처가 있는데, 거기 대금을……"

"작은아버지가, 거기도 돈을 안 준 거야?"

"응."

"그리고 그쪽에서는 너희 어머니가 사업주니까 달라고 우기는 거고?"

"응. 알아보니까 거래처 사장이란 사람이 돈놀이도 하는 사람이래. 막 밤에도 찾아와서 문 두들기고, 소리치고……. 크윽… 현호야!"

그때 그 기억.

"현호야."

그녀는 자신의 키보다 두 뺨은 큰 아들의 친구를 올려다봤다. 그런데 이 아이, 갑자기 미소를 끌어 올린다.

"어머니."

"어?"

"찾아냈어요."

다시 정상으로 돌아온 동공에 태권도의 어머니가 비쳤다.

"뭐라고?"

"방법, 찾아냈다고요!"

현호는 그 말을 끝으로 빌라로 달려갔다.

태권도의 어머니가 미처 말릴 틈도 입구 유리문을 열어젖혔다. 그러자 거친 사내들의 모습이 한눈에 들어왔다.

"이런 쌍! 거기 있었으면서 시침 뚝 뗐어? 이런 염병할……."

태권도의 어머니를 발견한 이들이 쇳소리를 외쳤다.

하지만 현호는 계단을 내려오는 사내의 옷깃을 다짜고짜 붙잡았다. 그리고 외쳤다.

"어디 있어!"

"뭐, 뭐?"

"당신들 사장 어디 있냐고! 대금 떼인 사장 어디 있냐고!"

*　　　　*　　　　*

"그러니까 지금 네 말은……."

박태환.

일명 강남 큰손 '박거성'.

박거성은 지금 맞은편 소파에 앉은 소년의 말에 얼굴을 잔뜩 찌푸리고 있었다.

그 소년을 눈에 담은 뒤에는 옆을 슬쩍 돌아봤다.

그곳에는 어린놈에게 쥐어터진 수하 두 놈이 쥐 죽은 듯이 바로 서 있었다.

"내가 증언만 해주면, 그 순태떡볶이 아줌마가 억울함을 풀고, 나 역시도 가락유통에서 떼인 돈을 받을 수 있다?"

"예."

"내가 왜 그런 귀찮은 짓을 해야 하는데?"

박거성은 희끗한 머리카락을 쓸어 올리며 내키지 않는 미소를 이죽거렸다.

"왜냐하면 어르신은 가락유통의 실소유주가 누구인지 아실 테니까요."

"알지, 암! 권태봉 그 새끼지. 걱정하지 마. 그 새끼 집에도 내가 사람 붙였어."

"그래서요?"

어린놈이 상체를 앞으로 숙이고 물었다.

얼굴에는 미소가 서려 있었다. 감히 이 박거성 앞에서 말이다.

'이놈 보게. 재밌는 놈이 찾아왔다더니만⋯⋯.'

박거성은 조금 어이가 없었지만 일단은 다리를 꼬고 앉아서 이 녀석을 지켜봤다.

"그래서라니?"

"그래서 돈은 받으실 것 같으세요?"

"뭐라고?"

박거성은 잠시 말을 잇지 못했지만, 그사이에도 눈앞의 어린놈은 미간에 힘을 주고 그를 보고 있었다.

"못 받겠죠. 이미 배 째라고 나올 때부터 권태봉은 상종 못할 쓰레기였으니까요. 그런 놈이 쉽게 주진 않겠죠. 그래서 힘없고 연약한 떡볶이 모자만 쥐어짠 거 아닌가요? 매일 찾아와 문을 두들기고, 협박하고, 윽박지르고."

"뭔 개소리야? 내가 언제 문을 두드리고……."

박거성은 돈에 환장한 쓰레기다.

다들 그렇게 뒤에서 수군거린다는 얘기다.

하지만 그라는 사람은 정도를 아는 '남자'였다. 지킬 것은 지킨다는 얘기다.

"이놈들!"

박거성이 눈을 부라리며 수하들을 노려봤다.

권태봉의 집에 찾아가서 난리치는 것과는 달리 떡볶이 모자에게는 그냥 찾아가 살짝 겁만 주라고 했다.

지금 이 꼬맹이 말대로 권태봉은 돈을 안 주려고 작정을 했으니, 당장은 그 떡볶이 모자라도 들볶아야지 그쪽도 알아서 권태봉에게 찾아가 들볶을 것 아닌가, 그랬는데.

"죄, 죄송합니다."

수하들이 고개를 숙였다.

하지만 현호의 시선에는 그 모습이 한낱 쇼로 비칠 뿐이었다.

'지랄들 하네.'

이런다고 그동안의 모자가 느낀 두려움이 사라지겠는가.

"그래서? 그래서 뭐! 내가 내 돈 받겠다는데, 뭐!"

박거성은 허공에 손가락질을 하며 외쳤다.

수하들이 실수를 했다 쳐도, 뭐, 죄는 아니지 않은가. 그저 남자로서 쪽팔릴 뿐이지.

"그런데 어르신이라면 돈도 많으신 분인데, 그냥 변호사를 쓰지 군이 귀찮게 이런 방법을 택했나요?"

현호는 이번에는 질문을 했다.

박거성이 떼인 돈을 받으려면 귀찮게 태권도 모자를 찾을 게 아니다. 세무서도 당연히 아니다.

이런 일은 그냥 법으로 하면 되는 것이다.

민사로 가야 한다는 얘기다.

"끙……. 그거야 당연히 명의상 사업주가 떡볶이 가게 모자고, 그 권태봉은 아무런 책임이 없잖아! 이건 법원 가봤자 소용도 없는 건이라잖아! 권태봉, 그놈이 작정하고 저질렀는데, 누가 그놈이 실제 사업주라고 증명하겠어? 그렇다고 떡볶이 가게가 돈이 있어 뭐가 있어? 이미 세무서에서 먼저 선수 쳤잖아!"

박거성이 인상을 찌푸리며 짜증을 있는 대로 쏟아냈다.

사실 권태봉에게 떼인 대금 정도야 입맛 한번 쩝 다시면 그만이다.

하나 박거성은 끝까지 그 돈을 받아낼 것이고, 받아낼 방법은 수도 없이 많다.

박거성이라는 명성은 허투루 생긴 게 아니다.

다만 이번 일은 그다지 큰일도 아니고, 직접 나서자니 명성에 똥칠하는 것 같아서 대충 아랫놈들이나 시켜 지루한 소모전만 하고 있었을 뿐이다.

"바로 그겁니다."

"뭐가!"

박거성은 일부러 악을 질러봤다.

'요 녀석 보게?'

어린놈이 바싹 쫄 법도 한데, 내내 떨리는 기색 한번 없이 얘기를 멈추지 않으니 짜증이 나면서도 재밌는 것이다.

그만큼 박거성도 사람 보는 눈과 상황을 보는 재주가 있다는 얘기였다.

"만약 실제 소유주가 권태봉이라는 것이 증명이 된다면, 세무서에서 권태봉에게 세금을 고지한다면?"

"그렇다면……."

이제야 박거성도 눈치를 챘다.

흰머리가 쭈뼛쭈뼛 치솟는 게 현호의 눈동자에 비칠 정도다.

"과연 법원의 판단은 어떻게 될까요?"

"그걸 네가 할 수 있다고?"

박거성이 왼쪽 눈을 찌푸리고 물었다.

"제가 아니라… 우리가 할 수 있죠."

현호는 쐐기를 박았다.

오랜만에 입꼬리가 들썩이는 순간이었다.

                    *   *   *

"뭐라고요?"

현호는 태권도의 어머니를 바라봤다. 그녀는 지금 세무사
장선자가 오지 않는다는 얘기를 꺼냈다.

"오시지 말라고 했다."

물론 현호는 장선자가 오든 말든 상관은 없었다.

처음부터 장선자에게 큰 기대를 하지 않았으니까.

지난번 그녀의 모습은 충분히 기댈 만했지만, 그녀의 존재
가 이 심의를 뒤집을 임팩트를 가진 것은 아니다.

"그러니까 왜요?"

"어렵겠다고 하시니까……."

태권도의 어머니는 말꼬리를 흐렸다. 그제야 현호는 이유를
알 것 같았다.

'돈.'

수수료 때문일 것이다.

"세무사님이 성공 보수는 이 일이 제대로 마무리되면 받는
다고 했잖아요?"

"어차피 안 될 것을 여러 사람 힘들 필요가 있겠나 싶어서.
너한테도 미안하고."

현호는 더 이상 입을 열지 않았다.

만약 이전 삶의 그였다면 지금쯤 버럭 소리를 질렀을 것이다.

왜 그렇게 답답하게 사냐고, 왜 그렇게 욕심을 못 내냐고, 다 허울이고 가식이라고!

'그거 좀 귀찮게 하면 어떻다고…….'

현호는 착잡한 시선을 돌려 복도 끝 계단을 바라봤다.

박거성이 오지 않고 있다.

그날 증인이 돼줄 것을 제안했지만, 확답은 듣지 못했다.

현호의 설명에도 박거성은 그다지 감흥이 없는 모습이었다. 그래서 그저 심의 날짜하고 시간만 알려주고 왔을 뿐이다.

"들어오세요."

오늘은 이 심의 하나만을 위해 위원회가 소집됐다. 그래서인지 심의 위원들은 지난번과 똑같은 구성이었다.

다만 그들의 시선은 지난번과는 달랐다.

조금은 전투적이었던, 조금은 안쓰럽기도 했던 소년에 대한 기억이 남았기 때문이다.

"앉으세요."

세무서장의 제안에 현호와 태권도의 어머니는 지난번처럼 민원인 자리에 엉덩이를 붙였다.

'설마 했는데……. 역시 안 오는구나.'

현호는 심의 위원들이 서류를 넘기는 사이 벽에 걸린 시계를 돌아봤다.

결국 박거성은 오지 않았다.

증인을 두고도 쓰지 못하는 게 못내 아쉽기는 했지만 현호
는 박거성에 대한 생각을 바로 밀어냈다.

이제부터는 정면 승부다.

부딪친다.

오늘 이후로 여기 있는 이들은 '차현호'란 이름을 기억하게
될 것이다.

"세무 대리인은 오지 않으십니까?"

"예, 오늘 대리인은 저 혼자입니다."

최 조사관은 서류에서 시선을 떼고, 방금 대답한 소년을
바라봤다.

지난 1차 심의에서 최 조사관은 장충도와 소년의 관계를
알았다.

그런데 그 이후에도 소년의 모습은 계속해서 뇌리에 맴돌았
고, 최 조사관은 한 가지 기억을 떠올렸다.

바로 3년쯤 전에 있었던 염 조사관 돈 봉투 사건이었다.

'그때 그 어린아이.'

'최 조사관······.'

현호는 자신을 향한 최 조사관의 시선을 느끼며 숨을 고루
내쉬었다. 이제부터는 잠시 멈출 수 있는 시간도 없다.

진짜로 몸을 풀 시간이다.

"더 제출할 추가 자료 있으세요?"

권혁이 입을 열었다.

"추가 자료는……."

현호가 입을 떼는 순간이었다.

덜컹.

갑자기 위원회실 문이 열리고 낯선 남자가 들어왔다.

한데 그 남자의 얼굴을 본 태권도 어머니의 눈동자가 떨리기 시작했다. 얼굴까지 바들거리는 모습에 현호가 놀라서 그녀를 부축했다.

"어머니?"

그녀의 입술이 떨림 가득한 숨을 토해냈다.

"사, 삼촌."

"삼촌이요?"

"수, 순태… 작은아버지."

"예에?"

현호는 다시 남자를 바라봤다.

그는 입술을 뚝 내밀고 배를 내민 자세로 아무렇지도 않게 안으로 들어왔다. 그러고는 뒤에 일렬로 늘어선 의자 하나를 집어서 태권도의 어머니 옆에 의자를 놓고 앉았다.

"증인 권태봉입니다."

"증인이요?"

현호는 이 기막힌 상황에 어이가 없어서 심의 위원들을 바라봤다. 그러자 김강자 위원이 입을 열었다.

"서장님, 권태봉 씨도 이 사건과 관련이 있는 당사자이고 해서 제가 나와달라고 부탁드렸습니다. 어려운 발걸음이었을 텐데, 이렇게 흔쾌히 오셨네요."

그 말에 현호는 바로 반격했다.

"아니, 이런 법이 어디 있습니까? 심의 당사자인 저희의 허락도 없이, 아니, 예고도 없이 이렇게 증인이랍시고 사건 당사자를 참석시키는 법이 어디 있습니까?"

그러자 권태봉이 얼굴을 찌푸리며 고함 섞인 항변을 했다.

"예고? 당신들은 나한테 예고하고 이런 자리 만들었어? 아주 나한테 죄다 뒤집어씌우려고 작정을 했더만? 참 내, 눈 뜨고 코 베이는 세상이라더니, 나는 가만히 앉아서 독박 쓰게 생긴 거 아니야! 그런데 무슨 예고? 나도 억울함 증명하러 왔어! 이거 왜 이래!"

권태봉의 행태에 기가 막혀서 말이 안 나온다.

현호는 바로 자리에서 일어났다. 그리고 태권도의 어머니 어깨에 손을 얹었다.

그리고 흠칫 놀라는 그녀를 일단은 옆으로 옮겼다.

"자리 좀 바꾸겠습니다. 그리고 이분 좀 떨어져 앉게 해주세요."

"그러세요."

세무서장이 바로 고개를 끄덕였다.

현호는 다시 물었다.

"제가 알기로는 이건 분명 절차상 문제가 있다고 알고 있습니다."

"절차상 문제는 무슨 문제! 그렇게 떳떳하면 내가 있든 없든 무슨 상관이야? 다들 안 그래요?"

권태봉은 아주 당당하고, 떳떳한 시선으로 사람들에게 호소하고 있었다. 철판도 이런 철판이 없다.

한데 문제는 이런 미친놈이 세상에는 어디를 가나 있다는 게 문제다. 그리고 사람들의 생각은 항상 똑같다.

아니 땐 굴뚝에 연기가 나겠냐는 것이다.

'하……'

예상대로 심의 위원들은 다들 세무서장의 눈치만 살폈다.

이제 권태봉의 참여는 이 자리의 결정권자의 판단에 따른 것이다.

반면 현호는 세무서장이 아닌 김강자 위원을 바라보고 있었다.

'저 여자 대체 뭐야?'

대체 저 여자는 무슨 생각으로 여기에 권태봉을 불러들인 걸까.

분명 지난번에는 호의적인 것 같았는데.

지금 순간 현호는 그녀를 향해 진짜 쌍욕을 쏟고 싶었다.

'그래, 좋아.'

이렇게 나온다면 끝까지 간다.

"좋습니다. 알겠습니다. 참석시키죠. 확실히 이 자리에서 매듭을 짓겠습니다."

"정말입니까?"

세무서장이 조심히 물었다.

이 일로 문제가 생겨도 민원인의 선택이라는 점을 은연중에 부각한 것이다.

"예."

현호는 고개를 끄덕였다.

뿐만 아니라 태권도 어머니의 손을 쥐고 힘을 꾹 주었다.

그 어느 때보다, 지금 차현호는 소위 말해 '빡 돈 상태'였다.

＊　　　　＊　　　　＊

"자, 여기까지가 지난번 서옥순 씨께서 주장하신 내용입니다. 이번에도 제가 틀렸습니까?"

김강자가 1차 심의에서 있었던 내용을 되짚었다.

자신들이 했던 얘기와 현호와 장선자가 했던 답변을 축약한 것이다.

한데 내용 중에 이따금 명의대여라는 말을 빼고 '이러한 주장'이라는 말을 자주 했다. 그래서 현호가 몇 번이나 지적을 하느라 이야기가 늘어졌다.

물론 이는 쓸데없는 소모전이었다.

하지만 지금 상황은 심의 위원들의 동정만으로는 부족했다.

정확한 자료를 근거로 정확하게 대들어야 한다는 얘기다.

어느 하나 불리한 것도 놓쳐선 안 된다.

"권태봉 씨, 먼저 매달 입금한 돈에 대해서 얘기하시겠습니까? 대가성 여부를 떠나서, 이건 권태봉 씨가 탈세를 위해서 명의대여를 부탁했다고 볼 수 있는 대목입니다."

최 조사관이 날카로운 시선으로 물었다.

지금 권태봉은 자신이 가락유통과 전혀 상관이 없다고 주장하는 상태였다.

한마디로 명의대여뿐 아니라, 가락유통과 관련된 아무것도 인정하지 않겠다는 것이다.

"아닙니다."

당연히 권태봉은 고개를 가로젓는 것부터 시작했다.

"그 돈은 저희 형님이 예전에 저한테 빌려주신 돈이고, 제가 당장 여유가 없어서 기간을 두고 갚아나간 돈입니다."

"그래요?"

"그렇다니까요. 제가 미쳤다고 그런 짓을 하겠습니까? 우리 형님, 시장 통에서 구두 닦으며 나 키운 사람입니다. 나 업어 키우신 분이이라고요. 그런 분의 아들이자 하나뿐인 내 조카에게 내가 미쳤다고 그런 짓을 하겠습니까? 천벌 받을 일이지! 암!"

심지어 권태봉은 울먹이기까지 했다.

"자, 자, 그만하시고."

남들의 눈에는 권태봉도 억울하게 비칠 수도 있을 것이다.

배부른 돼지의 눈물.

당사자인 태권도의 어머니는 속이 까맣게 타들어갈 상황이었다.

'이런 씹어 먹어도 시원찮을 놈을 봤나!'

현호는 어금니를 씹으며 왼편의 세무 공무원들을 바라봤다. 그곳에는 최 조사관, 권혁, 김강자가 있다.

그들의 표정은 알 듯, 모를 듯했다.

이번에는 오른쪽을 바라봤다.

외부 인사들은 지금 혼란스러운 듯했다.

아마도 지금까지는 민원인의 주장에 마음이 기울었는데, 지금 순간 권태봉의 주장에 긴가민가한 것이다.

그렇다면 일단은 방어다.

이제는 대가성이든 뭐든 어떻게 해서든 권태봉이 태권도의 어머니에게 명의대여와 관련해 돈을 넣었다고 인정하게 만들어야 한다.

필시 권태봉은 처음부터 작정하고 태권도의 어머니에게 명의를 빌려달라고 요청했을 것이다.

그래서 꼬박꼬박 통장에 돈을 넣어 그 대가성을 주장하려 했던 것이다.

어차피 명의상 소유주가 누구든, 돈은 자신이 취하고 세금 부과만 대신 짊어질 사람이 필요했을 테니까.

'그런데 왜 갑자기 생각이 바뀌었을까.'

명의대여로 태권도의 어머니에게 세금만 뒤집어씌우면 끝날 것을, 왜 여기까지 나타나서 자신은 사업장과 전혀 관련이 없다고 주장하는 것일까.

'거래처?'

예상할 수 있는 것은 박거성밖에는 없었다.

박거성의 추심이 예상보다 드세니 아예 발을 빼려는 것이다.

그게 아니라면 심의가 어떻게 결정 날지도 모르는 마당에 지금 나설 이유가 없다.

"그런데요, 서옥순 어머니의 통장에 들어온 돈……. 왜 하필이면 가락유통 사업자 등록증이 나온 그 달부터 들어온 걸까요?"

이번에는 현호가 되물었다.

상식적으로 이상하지 않은가.

그러자 권태봉이 입술을 찌푸리며 대답했다.

"그거야 우연의 일치지."

"세상일에 우연이 어디 있습니까? 위원회 여러분, 통장 내역을 봐주시길 부탁드립니다. 여기 권태봉 씨가 서옥순 어머니의 통장에 20만 원씩 이체한 것은 사업자 등록증이 나온 직후부터 반년, 그리고 돈이 끊긴 것도 정확히 가락유통이 폐업되기 전 반년이었습니다."

사업장이 폐업하지 않았다면 현호는 그 안에서 일했던 직원들을 모두 불러들였을 것이다.

물론 학생 신분이 아닌 성인이었다면, 사람을 시켜서라도 어떻게든 그들을 찾아냈을 것이다.

또 그게 아니라도, 증인이라는 것은 만들어낼 수도 있는 법이다.

이 나라는 뭐든 가능한 나라다.

"흠……. 조금 이상하긴 하네."

외부 인사들이 고개를 갸우뚱했다. 그러자 권태봉의 튀어나온 까만 목젖이 들썩였다.

"이, 이상하긴 뭐가 이상합니까? 그, 그냥 우연이라니까."

권태봉이 억울하다고 항변하자 마치 그를 지원하듯 공무원 라인에서 현호에게 재차 반박이 들어왔다.

"다른 건 없습니까? 아무리 생각해도, 이거 봐요, 여기 실태 조사 확인서에 서옥순 씨 사인이 있잖아요?"

또 김강자다.

대체 저 여자 뭐야. 왜 갑자기 이렇게 태클을.

"맞아요! 나도 그거 봤다니까! 거기서 사인하는 거!"

이번에는 권태봉이었다. 이건 또 뭐야.

지금 말인즉, 당시 그 자리에 권태봉이 있었다는 얘기다.

"봤다고요?"

현호가 되물었다.

"그, 그게."

권태봉도 순간 아차 싶었는지 눈을 피하고 입술을 핥았다.

"관련이 없다고 하셨는데, 그 자리에 있었다는 얘기네요?"

"다, 당연하지! 큰일이 났는데, 삼촌으로서 당연히 가봐야 되는 거 아닙니까?"

미꾸라지처럼 빠져나가려는 권태봉의 모습에 현호는 심의 위원들을 돌아보면서 다시 입을 열었다.

"그렇다면 세무서장님, 그때 실태 조사에 나가셨던 조사관님을 이 자리에 불러주셨으면 합니다. 그분이 당시 그 자리에서 상황을 확인하셨을 거 아닙니까?"

"민원인은 사인을 한 기억이 없다면서요?"

현호의 요청에 세무서장이 반문했다.

"예. 그런 말을 했었습니다. 지난번 심의에서 서옥순 씨는 사인을 했다는 사실을 기억하지 못한 게 맞습니다. 하지만 심의가 끝난 이후 기억을 떠올리시고는 직접 사인을 한 게 맞다고 제게 말했습니다. 하나 분명한 것은, 당시에 갑자기 권태봉 씨가 불러서 앞치마 차림으로 헐레벌떡 뛰어갔다고 합니다. 심지어 앞치마도 벗지 못하고 사인을 했다고 합니다."

태권도의 어머니는 1차 심의에서는 사인을 기억하지 못했지만, 마음이 진정된 뒤 차분히 기억을 끄집어내자 터진 봇물처럼 그때를 기억해 냈다.

"흠, 당시의 조사관을 불러달라고요?"

"예."

세무서장이 턱 끝을 쓸어내리며 고민을 하는 그때였다.

현호의 왼편에서 한 사람이 손을 번쩍 들었다.

"제가 그 자리에 있었습니다."

이번에도 김강자다.

현호는 기가 막혔다.

김강자가 손을 드는 순간, 머릿속에 그림이 펼쳐졌다.

'이런 썅……'

지난 1차 심의에서 김강자는 호의적이었다.

그런데 이번 2차에 들어서는 갑자기 권태봉을 데려왔고, 지금도 권태봉의 편을 들어주고 있다.

그 말이 뜻하는 바는 하나다.

'받아먹었구나!'

현호의 날 선 시선이 닿자 김강자는 짐짓 고개를 떨어뜨리고 서류를 집었다.

현호가 생각하고 있는 게 맞는다면, 김강자는 손을 드는 순간부터 스스로도 상황이 잘못된 걸 알았을 것이다.

하지만 들지 않을 수는 없었을 것이다.

안 들고 버티다가 실태 조사에 나갔던 사람이 그녀란 게 드러나면 그게 더 이상할 테니까.

김강자는 서류를 뒤적거리며 힐끗 권태봉을 바라봤다.

'괜히 여기에… 오빠를 불렀나?'

그녀와 권태봉은 6촌 친족 관계.

대고모님의 딸의 아들이라는 복잡한 관계지만, 익히 서로 얼굴만 알고 있다가 세무서에서 그 인연이 닿았다.

그래서 명의대여를 하는 방법도, 서옥순의 통장에 돈을 넣으라고 한 것도, 그리고 이번 심의가 열린다는 것도 그녀가 알려줬다.

반쯤은 뒤에서 이 상황을 컨트롤해 왔다고도 볼 수 있다.

물론 그 일의 대가는 분명히 챙겨왔다.

그렇게 별 탈 없이 끝나가던 일인데, 갑자기 문제가 생겼다.

심의의 흐름이 서옥순의 대리인 주장대로 흘러가는 게 아닌가.

지난번 1차 심의 이후 다들 회식 자리에서 장선자 세무사의 말에 진정성이 느껴지네, 어쩌네, 같이 온 학생이 보통이 아니네, 어쩌네, 그래서 권태봉을 좀 더 조사해야 하지 않겠냐는 얘기까지 나왔었다.

그래서 김강자와 권태봉은 머리를 싸맨 끝에 먼저 선수를 치기로 했다. 이 일에서 완전히 발을 빼는 것이다.

그렇게만 되면 해방이나 다름없다.

권태봉은 돈을 지키고, 김강자는 혹시라도 전말이 드러날 가능성을 미연에 방지할 수 있다.

"당시 그 자리에 위원님이 계셨다고요?"

서옥순의 대리인 소년이 기가 찬 얼굴로 그녀를 쳐다봤다.

"예. 제가 그 자리에 있었습니다. 그리고 서옥순 씨께서는 가락유통 사장실에 앉아 계셨고요. 지금도 분명히 기억합니다."

"아, 아니에요! 사장실이라니요? 저는 사무실에 들어가 본 적도 없어요!"

김강자는 민원인의 울먹임을 뻔뻔한 얼굴로 지켜봤다.

그러자 대리인 소년이 한눈에 드러날 정도로 턱을 꿈틀거리며 그녀를 노려봤다.

하지만 김강자는 흔들릴 이유가 없었다.

오히려 더 당당해야 한다.

"근데 왜 1차 심의에서는 그런 얘기를 하지 않으셨나요?"

대리인 소년이 또 묻는다.

'어린놈이 건방지게.'

김강자는 아랫입술을 잘근 깨물었다.

침착하게, 최대한 말이 되게끔 대답하면 된다.

"얘기할 필요가 없으니까요. 그 얘기를 해야 할 이유가 없잖습니까, 그저 과거에 있었던 사실일 뿐이니까요."

"그게 말이 되나요? 그럼 처음부터 저희에게 편견이 있으셨을 텐데, 이 위원회에 참여할 자격이 있으신 건가요? 안 그런가요, 세무서장님?"

"무슨 말을 하시는 겁니까? 저는 심의 위원이고, 당연히 중립을 지키고 있습니다. 민원인이 어떤 거짓말을 해도 제가 그것에 감정을 실을 필요가 없다는 얘기죠. 제 말이 틀렸나요, 서장님?"

김강자와 차현호의 시선이 세무서장에게 향했다.

둘 모두 서로의 편을 들어달라고 아우성이다.

지금 상황은 세무서장도 당황스러웠다.

설마 하니 수년 전 있었던 뇌물 사건의 반복이겠나 싶은 것이다.

비단 세무서장뿐 아니라 최 조사관도 당황하고 있었다. 외부 인사들도 얼추 상황을 눈치챈 듯했다.

이 미묘한 기류.

갑자기 공기가 바뀌었다. 어디서, 어떻게, 왜 바뀐 건지는 모르겠지만, 확실한 것은 김강자가 손을 든 순간부터 달라졌다는 것이다.

이제 이들은 결정을 해야 한다.

이 건을 기각하면 상황은 지금까지와 크게 달라지지 않는다. 그냥 서옥순 한 사람이 덮어쓰고 깔끔하게 끝난다는 얘기다.

하지만 이 건을 서옥순에게 잘못이 없다고 결정한다면,

분명 많은 게 달라진다.

'안 되지.'

당장 세무서는 또다시 비리 사건이 불거질지도 모른다.

특수세무조사과라는 엄청난 업적을 이룬 지 1년도 안 됐는데 또 사건이 터질 수는 없었다.

비단 이 심의 한 건만 걸린 문제가 아니다.

정당하게 세금이 부과된 건들도 어쩌면 죄다 되짚어야 할지도 모른다.

세무서장의 머리에 이 모든 계산이 끝났을 때였다.

대리인 소년의 목소리가 이어졌다.

"권태봉 씨는 한 해 2억 3천만 원이라는 세금이 나올 정도로 규모가 있는 유통업을 꾸렸습니다. 그리고 1986년과 1989년까지 근 4년간은 세금을 성실히 납부했습니다."

그 목소리는 땅거미가 기듯 아주 낮은 곳에서부터 계속 이어졌다.

"그런데 작년인 1990년에는 느닷없이 세금을 체납하고 폐업을 한 겁니다. 그동안 충분히 수익을 창출한 사업체가 세금을 체납했다는 것은, 사업이 크게 망했거나 혹은 세금을 내질 않아도 문제가 없다는 생각을 가졌다는 것이겠죠."

서옥순의 대리인은 시선을 들어 세무서장을 바라봤다.

이미 그 시선은 당신이 무슨 결정을 할지 알고 있다고 얘기하고 있었다. 하지만 그 결정을 듣기 전에 내 심장의 울림을 들으라고 얘기하고 있었다.

그 모습은 단단히 검을 쥐고 있는 무사와도 같았다.

상대가 발끝이라도 삐끗하면 단박에 칼을 찔러 넣을 기세다.

"자그마치 2억 3천만 원입니다. 그 세금을 낼 정도의 사업체가 1년 만에 무너진다는 건 상식적으로 납득할 수가 없습니다."

"그래서 하고 싶은 얘기가 뭔가요?"

이번에는 세무서장이 아닌, 최 조사관이 물었다.

현호는 고개를 돌려 최 조사관을 바라봤다. 차가운 시선들이 맞붙는다.

"다른 사업체가 있을 겁니다. 확인 부탁드립니다."

말이 끝나자마자 즉각 권태봉이 외쳤다.

"허, 참 내! 내가 살다 살다 진짜 이런 미친 녀석을 다 보네. 내가 무슨 사업을 한다는 거야? 나 집에서 노는 사람이야!"

"노는 사람이 입은 옷치고는 공장에서나 입을 만한 점퍼를 입고 계시네요? 신발 역시도 현장에서나 신을 법한 신발이고요."

"뭐, 뭐?"

현호가 비릿한 미소를 보이자 당황한 권태봉은 자신의 옷차림을 내려다봤다.

'아뿔싸!'

그나마 셔츠는 갈아입고 나왔는데, 걸친 점퍼가 공장 직원들과 단체로 맞춘 옷이다. 신발 역시 기름때가 잔뜩 묻었다.

"이, 이건 전에 형수님 사업장에서 맞춘 옷이야!"

"가락유통에서 맞춘 옷이라고요? 그 사업장이랑 아무런 연관도 없는 당신이 왜 그걸 입고 있는 겁니까?"

"당연하지! 나도 한 벌 얻어 입을 수 있는 거지! 형수님 사업장인데 점퍼 하나에 인색하겠어?"

그러자 이번에는 최 조사관이 고개를 갸우뚱했다.

"이상하네요. 권태봉 씨가 입고 있는 옷… 서옥순 씨가 사업주로 있던 가락유통 상호가 아니잖아요?"

"그, 그건……."

현호는 최 조사관을 바라봤다. 지난번에는 팁을 주더니, 지금은 오른손을 건넸다.

"아, 아니라니까 그러네! 그, 그래요! 이 옷 내가 지방에 아는 동생네 있다가 급하게 올라오느라고 입고 온 거야. 아, 맞아요! 내가 옷이 바뀌었네. 갑자기 이 사실을 알게 돼서 내가 강자 전화 안 받았으면……."

"강자?"

이번에는 세무서장이 고개를 갸웃거렸다.

한 번 실수는 또 다른 실수를 불러온다. 권태봉은 연이은 말실수로 인해 패닉 상태였다.

"하… 하하하. 권태봉 씨… 자꾸 말실수를 하시면……."

당황한 김강자가 침을 꼴깍 삼켰다. 하지만 그녀의 등줄기에는 땀이 줄줄 흐르고 있었고, 이 안에 있는 모두의 시선이 그녀에게 쏠려 있었다.

'이 바보 같은 인간! 잘 나가다가 왜 갑자기 실수를!'

김강자는 현기증에 쓰러질 것만 같았다.

하지만 아직, 아직 끝나지 않았다.

정신만 똑바로 차리면 이 코너에서 빠져나갈 수 있다. 이 상황만 지나면 집으로 돌아갈 수 있다. 그녀를 기다리는 가족에게로. 내일도 자랑스러운 엄마가 될 수 있다.

김강자는 힘껏 미소를 끌어 올렸다.

"민원인께서는 뭔가 이상하게 자꾸 몰아가시는 것 같은데요, 지금은 권태봉 씨의 타이어 공장 얘기를 하자는 게 아닙니다. 그러니 그 얘기는 나중에 하고, 일단은 이것부터……."

김강자가 얘기를 꺼낸 그 순간, 현호는 그녀를 물어뜯을 기세로 노려봤다.

그 소름끼치는 시선에 김강자는 '흡!' 숨을 들이켜야 했다.

현호가 입을 열었다.

"다른 사업체를 하고 있을 거라고 추측만 했는데, 그게 타이어 공장인지는 어떻게 압니까?"

"그, 그거야 당연히 우리도 권태봉 씨에 대해 조사를 했으니……."

"명의대여를 하고 세금을 체납했을 정도로 철두철미한 분께서, 그 공장은 제 명의로 했답니까?"

현호의 비아냥거리는 질문에 이번에는 최 조사관이 토스를 이어받았다.

"김강자 위원님, 제가 알아보기로는 권태봉 씨가 운영하는 사업체는 없었는데요? 어디서 본 자료입니까? 그리고 권태봉 씨는 집에서 논다고 하시잖아요?"

"그, 그건……."

김강자는 결국 고개를 숙였다. 그러자 세무서장은 입술을 꾹 깨물었다.

더 이상 얘기를 이어가다가는 진짜 사달이 나도 날 것 같았다.

'이거 난리군. 대체 뭐가 어떻게 돌아간 거야?'

상황이 급변했다.

'그래, 저 서옥순의 대리인 꼬맹이가 목소리를 깐 순간부터야.'

분명히 좀 전에는 소름이 돋았었다.

이번에야말로 목이 잘리는 기분이었다.

"자, 여기까지 하겠습니다. 결과는 좀 더 자료를 검토해 보고 추후에……."

일단은 끝내고 막아야 한다.

이게 공무원 비리로 퍼지면 일파만파다. 불이 날 게 뻔하다.

오늘 여기서 일어난 일은 여기서 덮어야 한다.

그때였다.

덜컹.

문이 열렸다.

"누구십니까?"

하고 물었던 세무서장은 눈을 부릅떴다.

'뭐야?!'

저게 누구야. 강남 큰손 '박거성' 아닌가.

'저 양반이 여긴 어떻게…….'

강남세무서장이 돈과 밀접한 지역 주민을 모를 리가 없었다. 하물며 강남, 아니, 대한민국에서 끗발 좀 내세울 수 있는 몇 안 되는 인물인 박거성이 아닌가.

오히려 그 눈에 좀 들고 싶은 마당에 여긴 어쩐 일로.

드르륵.

지난번과 정반대의 상황이다.

패닉에 빠진 심의 위원들을 뒤로하고 의자를 밀어내며 현호가 일어났다.

그는 칼을 높이 치켜들 듯, 손을 내밀어 박거성을 가리켰다.

"세무서장님, 그리고 심의 위원 여러분. 지금 들어오신 박태환 씨는 제가 증인으로 참여를 부탁한 사람입니다. 그는 지금, 이 심의 건 사업장과 거래를 하셨던 분입니다."

그러자 박거성이 입꼬리를 올리며 칼을 이어받았다.

"여기 그때의 거래 내역입니다."

박거성은 손에 쥔 자료를 세무서장 앞에 탁 내려놓았다.

그러고는 현호를 향해 의기양양한 얼굴을 드러냈지만 현호는 여전히 표정을 풀지 않고 있었다.

왜 이렇게 늦게 왔는지는 나중에 차차 따져 볼 생각이다.

"그럼 박태환 씨, 거래를 하시면서 가락유통을 많이 오가셨을 텐데, 여기 가락유통의 실제 사업주가 있습니까?"

현호의 질문, 그리고 눈을 번쩍이는 박거성.

이제 와 박거성이 심의에 참여해도 되는지를 두고 심의 위원들의 동의는 필요치 않았다.

이미 상황은 이상하리만치 현호에게 흐른 상황이었고, 터진 둑을 막는 것은 불가능하다는 걸 모두가 잘 알고 있을 것이다.

"외, 외부인은 여기에 들어오시면……."

그나마 세무서장이 상황을 멈추게 하려고 했지만 박거성은 거침없이 앞으로 나아갔다. 그러고는 땀을 삘삘 흘리는 권태봉의 어깨에 손을 얹고 잡아먹을 듯이 외쳤다.

"이놈!"

*   *   *

네 명이 손을 들었다. 이 심의에서 민원인의 의견을 수렴하겠냐는 결론에, 외부 인사들은 모두 손을 들었고, 최 조사관도 손을 들었다.

남은 이는 권혁과 김강자.

권혁은 세무서장의 눈치를 살폈다.

'서장이 잘리면 상관없는데, 안 잘리면 또 그렇잖아.'

이미 표는 넷이면 충분하니 자신이 안 들어도 상관없을 것이다. 민원인이 억울하다는 건 알겠지만 개인의 앞날도 중요하다.

이제 남은 이는 김강자.

"저, 저는… 기권……."

쾅!

세무서장이 책상을 내려쳤다.

사나운 시선이 그녀에게 닿았다.

그 일그러진 시선은 다시금 최 조사관에게 휙 닿았다.

"최 조사관!"

"예."

"당장 특무과에 연락해서 권태봉, 이 양반 털라 그래! 모조리 다!"

지금 막 이도필 강남세무서장은 자신의 마지막 결재가 될 지도 모르는 일을 지시했다.

*   *   *

거울 속 얼굴은 조금 지쳐 있었다. 턱을 타고 물기가 뚝뚝 떨어진다.

'휴……. 이제야 끝났네.'

현호는 이 심의가 이렇게까지 질질 끌릴 거라고는 전혀 예상하지 못했다. 세무사 장선자도 그렇고, 실태 조사 사인 건, 거기에 김강자 위원까지.

전혀 예상치 못한 일이 연이어 일어났다.

'변수투성이구만. 근데… 아까 그건 뭐였지?'

현호는 고개를 휘휘 내저으며 세면대에 걸린 휴지를 뜯어 손을 닦고 다시 한 번 숨을 골라 쉬었다.

어찌 됐든 일은 끝냈고, 이번에는 제대로 홈런 한 방 날린 기분이었다.

세무사라는 게 그런 거다.

임팩트가 있는 것도 아니고, 반전을 꾀하는 직업도 아니지만, 이렇듯 방망이 한 번 정도는 제대로 휘두를 수 있는 것이다.

피식, 만족스러운 웃음과 함께 휴지를 쓰레기통에 버리려는 때였다.

"크흠!"

얼굴이 잔뜩 찌푸려진 남자가 화장실에 들어왔다. 권태봉이다.

"염병."

그는 현호를 보자마자 얼굴을 찌푸렸다. 하지만 그 순간.

픽!

현호의 주먹이 권태봉의 배를 직격했다.

산만 한 덩치의 권태봉이 주먹 한 방에 허리를 숙이고 배를 움켜쥐었다. 해일처럼 밀려든 통증에 숨조차 제대로 쉬지 못했다.

현호는 그의 등을 툭툭 두드리며 말했다.

"순태 몫입니다."

"컥, 컥, 이 개새……."

픽!

이번에는 현호가 팔꿈치로 권태봉을 찍어 내렸다. 덕분에 권태봉은 화장실 바닥에 풀썩 엎어져야 했다.

"어머님 걸 깜빡할 뻔했네."

"으어어……."

신음을 쏟는 그를 뒤로하고 현호는 옷깃을 한 번 털어내고 숨을 몰아쉬었다.

"휴……. 권태봉 씨, 착하게 삽시다."

속 시원히 화장실을 나온 현호는 서둘러 계단을 내려갔다.

일이 잘 끝나서인지 후련하고 발이 가볍다.

세무서 입구를 나오니 박거성과 태권도의 어머니가 보였다.

"아, 거참. 자꾸 그렇게 고개 숙이지 말라니까."

박거성은 자신을 계속 피하는 태권도 어머니의 모습이 못내 부담스러운 듯했다.

"어르신이 자꾸 윽박지르니까 그러죠."

"아니, 뭘 또……."

다가간 현호의 한마디에 박거성이 못마땅한 얼굴을 뒤로하고 입맛을 쩝 다셨다.

"뭐, 이제 다 끝났으니……. 그동안 고생했소."

박거성이 누그러진 목소리로 말하자 어머니가 어깨를 들썩이기 시작했다.

"으흐흑… 으흐흑……."

그녀는 현호에게 기대더니 급기야 다리에 힘이 풀려 주저앉고 말았다.

"으흐흐흑! 으어어."

숨이 넘어갈 듯한 통곡이 쏟아졌다. 현호는 말없이 그녀의 어깨를 쓸어내렸다.

얼마나 힘들었을까.

자식 앞이라고 그 속내를 모두 보일 수 있었을까.

억울해도 홀로 삼켜야 했고, 아파도 홀로 아파야 했다.

권태봉의 집 앞에서 종일 기다리며 머금은 물 한 모금이 소화가 안 돼 밤마다 체기를 달래야 했고, 아침이면 바뀌지 않는 현실에 이를 물고 눈물을 삼켜야 했다.

낡아빠진 신발에 발을 구기고 또다시 권태봉의 집을 찾아 갔을 그녀의 심정이 오죽했을까.

"으어어엉."

세무서 앞에서 통곡하는 여자의 모습에 지나던 이들이 힐끗힐끗 쳐다봤다. 그러자 박거성이 호통을 쏟았다.

"뭘 쳐다봐! 구경났어? 이 여자 억울한 사람이야! 이 여자 아무 잘못 없고, 대한민국에서 가장 위대한 엄마야! 엄마라고!"

그렇게 말하는 박거성의 눈시울이 붉게 물들었다.

결국 그도 눈물을 뚝 흘리고는 괜스레 킁 하고 코를 삼키며 하늘을 바라봤다.

"썩을 구름 같으니라고, 남은 이렇게 억척같이 사는데, 저는 세월 따라 잘만 흘러가는구만, 제기랄."

*   *   *

"너 정말 대단하다."

담배를 한 대 입에 물며 장충도는 감탄을 쏟았다.

세무서 사람들 모두가 이 사건을 알게 됐다. 민원인이 세무서 앞에서 그렇게 통곡을 했는데 모르는 게 이상한 일일 것이다.

정작 이 모든 일의 처음과 끝을 함께한 현호는 담담한 얼굴로 하늘을 바라볼 뿐이었다.

이제는 제법 쌀쌀해진 가을의 하늘에는 아름다운 노을이 쏟아지고 있었다.

"친구는 다시 학교에 나오겠네?"

"그렇겠죠."

태권도와 그의 어머니는 현호에게 고맙다는 말을 수도 없이 했다.

어머니는 현호에게 사례를 하고 싶어 했고, 친구인 태권도에게 그 어떤 대가도 받지 않을 생각이었던 그였지만 이번에는 대가를 받아야 했다.

"야, 그나저나 나 이렇게 떡볶이 많이 먹어본 적은 또 처음이다?"

장충도는 빵빵해진 배를 쓸어내렸다.

태권도의 어머니에게 받은 대가란 바로 떡볶이였다.

사양하지 않고 떡볶이를 받아 온 이유는 그래야 그녀의 미안함이 덜해진다는 것을 알기 때문이다. 그래서 이날은 현호의 온 가족이 둘러앉아 떡볶이 파티를 했다.

"그래서 그 여자는 어떻게 돼요?"

현호의 질문에 장충도는 씁쓸함이 물든 얼굴을 가로저었다.

"뭐, 어떻게 되긴⋯⋯. 다 실토하더라고. 참 내, 뭐 이런 거지 같은 사건이 다 있냐? 연줄에, 뇌물에⋯⋯. 뭐, 비리가 또

터졌으니 세무서장님도 이번에는 좋게 못 넘어갈 거다. 에휴……. 나쁜 사람들 같으니라고."

"정당하게 세금을 내는 것보다 뇌물과 인맥이 싸게 먹히는 것을 보면 참 씁쓸하네요."

현호는 쓴웃음을 뱉으며 고개를 가로저었지만 그런 그도 한때는 자신의 목적을 위해 수단과 방법 가리지 않고 뇌물을 쓰던 시절이 있었다.

'신전…….'

문득 잊고 지냈던 그들에 대한 생각이 떠오른다.

세금 몇 억에도 이렇게 뇌물이 오가고 여러 사람이 피해를 입는데, 훗날 신전그룹의 수조 원 비리는 대체 얼마나 많은 이의 인생이 얽히고설켰다는 말인가.

분명 지금의 삶에서도 신전의 비자금은 쌓이고 있고, 비리는 대한민국 전반에 걸쳐서 행해지고 있을 것이다.

'그래. 사람 사는 곳에 비리 없는 데가 어디 있겠어.'

비록 그들 때문에 죽음을 겪었지만 현호는 올바른 길만을 갈 생각은 없었다.

남들 다 하는데 안 하면 그게 병신이고 손해다.

그가 먼저 바뀌기에는 이 대한민국이란 곳이 결코 만만치가 않다는 얘기였다.

'하려면 확실하게.'

미친 생각 같지만 현호는 정말 그렇게 생각하고 있었다.

이전 삶에서도 그랬고, 앞으로의 인생에서도 그 점은 외면할 생각이 없었다.

정의롭게 살 생각도 없고, 착하게 살 생각도 없다.

남들 눈치나 보며 열정페이나 벌어먹을 생각은 더더구나 없다.

신호 지키며 가다가는 태어날 때부터 고급 세단을 타고, 사람 위에서 군림하는 것을 당연하게 생각하는 금수저들을 추월할 수 없다.

가만히, 조용히 살면 세상이 편하다고?

모자가 단둘이서 평범하게 사는 게 꿈이었던 태권도의 어머니였다. 그래서 묵묵히, 가만히 살아왔더니 세상은 그녀를 진짜 가마니로 봤다.

'그런데 정말 이상한 일이었어.'

현호는 고개를 돌려 눈을 찌푸렸다.

장충도가 입에 물고 있는 담배에 시선을 집중한 순간, 시간이 멈췄다.

'윽!'

하지만 그것은 멈춘 게 아니었다.

연기를 빨아들이는, 연기를 뱉어내는, 그 순간순간들이 흡사 초고속 카메라의 연사 버튼을 누른 것처럼 매우 빠르게 머릿속으로 밀려드는 것이다.

그것은 마치 하늘에서 내리던 비가 순간 멈췄다가 갑자기 쏟아져 내리는 것 같았다.

그래서 너무도 느리고, 또 너무도 빠르게 느껴진다.

'으윽!'

머리에 통증이 밀려온다.

그것들은 곧바로 무차별적인 정보가 돼 현호의 머릿속을 차지했다.

정리되지 않은 정보는 거추장스럽고 지저분하다.

이는 다른 의미의 고통이기도 했다.

마치 결벽증에 걸린 사람 주변에 온갖 쓰레기가 가득 차는 느낌이었다.

그리고 현호는 어제의 심의 위원회에서도 그 같은 경험을 했다.

바로 김강자가 손을 든 순간이었다.

눈을 부릅뜨고 김강자를 노려보는 순간 갑자기 이 기이한 능력이 폭발했다.

그 찰나의 순간에 발생한 모든 정보가 머릿속에 쏟아져 들어왔다.

"근데 너, 김강자 위원이 뭔가를 감추고 있다는 건 어떻게 알았어? 네가 막 몰아붙였다며?"

장충도가 주워들은 얘기를 묻자 현호는 어제를 다시 떠올렸다.

"그냥 거짓말하는 것 같았어요."

"거짓말을 하는 것 같았다고? 그게 보여?"

장충도는 대수롭지 않게 생각하며 피식 웃었지만 현호의 눈에는 정말 보였다.

지금까지의 특별한 기억력이 그 능력의 1단계라면, 새로 나타난 현상은 2단계라고 표현할 수 있다.

하지만 놀라운 것은 그게 끝이 아니란 사실이다.

한 단계가 더 있었다.

김강자가 내뱉은 말, 행동, 말투, 눈빛, 입술의 흔들림까지, 그 모든 행동들이 정보가 돼 머릿속에 들어오는 와중에 몇몇 순간은 즉각 머릿속에 들어오지 않았다.

굳이 표현하자면 따로 분류가 됐다고나 할까.

중요도에 따라 정보를 나누는 것처럼 몇몇 중요한 순간들은 따로 나뉘었고, 그 현상은 현호의 신경을 거슬리게 했다.

그것은 3단계라고 볼 수 있었다.

따로 분류된 그 몇몇 순간에는 김강자, 권태봉 둘의 실수가 담겨 있었다.

현호가 그 순간을 흘려보내지 않고 낚아챌 수 있었던 것은 바로 그 때문이었다.

'뭔가 또 달라진 걸까.'

지금까지도 특별했던 기억력이 성장과 함께 발달한 걸까. 아니면 지난번 사고 때문에…….

하지만 문제가 하나 있었다.

2단계에 진입한 순간부터는 머리에 통증이 밀려왔다.

견디지 못할 정도는 아니었지만 긴 시간 동안 지속된다면 버틸 수는 없었을 것이다.

또한 2단계에서 머릿속으로 쏟아져 들어온 정보들은 어제 저녁 현호를 잠들지 못하게 했다.

지금까지는 아무리 기억이 선명해도 들여다보지 않으면 그뿐이었지만, 이 쓰레기 같은 정보들은 밤새도록 머릿속을 해매며 그를 괴롭혔다.

"현호, 너는 나중에 뭐 될 거냐?"

"글쎄요?"

어제의 일을 되새기던 현호는 장충도의 질문에 고개를 들어 그를 바라봤다. 그는 늘 그렇듯 사람 좋은 미소로 웃고 있었다.

"너는 말이다, 나쁜 사람 되지 마라."

"나쁜 사람과 착한 사람이 뭐가 다른데요?"

장충도에게 퉁명하게 되물었지만, 현호는 그 같은 생각을 해본 적이 있었다.

결론은 종이 한 장의 차이.

"그러네. 별 차이 없지."

장충도는 픽 웃으며 고개를 가로저었다. 그는 담배를 마저 태우고 깡통에 비벼 끄며 현호를 바라봤다.

"그래도 너는 착한 사람이었으면 좋겠다. 가난한 사람들은 도와주고, 부자들은 뭐, 세금 왕창 뜯어내고."

"일 없습니다. 나는 맘대로 살래요. 내키는 대로. 그냥 평범하게."

"훗."

현호의 퉁명스러움을 보며 장충도는 피식 웃었다.

"그래? 글쎄다. 나는 네가 보통 놈이 아니라고 생각하는데. 분명 대한민국, 아니, 세계에서 날아다닐 거다."

"뭐야……. 웬 칭찬?"

떨떠름한 얼굴로 현호가 바라보자 장충도가 웃으며 다가와 귀를 내밀었다.

"뭘 하고 살지 여기에다 귀띔 좀 해줘 봐. 그래야 내가 너한테 올인하지."

"참 내……. 뭐, 일단은 고."

"뭐라고?"

"고라고요. 고! 원고, 투고, 쓰리고. 못 먹어도 고고!"

"자식! 하하하."

장충도는 세상을 다 가진 것처럼 폭소를 터뜨렸다. 현호 역시 잠시 미소를 보였지만 미소는 금세 가라앉았다.

*　　　*　　　*

"계속 지켜볼까요?"

현호의 집 앞에 검은색 차 한 대가 서 있었다.

그 안에는 강남 큰손 박거성이 타고 있었다. 그는 비탈에 위치한 단독주택을 보고 있었다.

"뭐 하는 놈이라고?"

"영선중학교에 다닌다고 합니다. 중학교 3학년이고, 2학년 때부터 두각을 나타냈다고 합니다. 올해 들어서는 1학기 중간고사, 기말고사, 그리고 2학기 중간고사에서도 단 한 문제도 틀리지 않았다고 합니다."

"뭐?"

사채로, 땅으로, 산전수전 다 겪어 여기까지 올라온 박거성이다.

그에게 부족한 것은 아무것도 없었지만 단 하나, 굳이 뽑자면 학력이 그것이다.

국민학교마저 중퇴한 그에게 학력이란 갈증이고 열등감이었다.

그래서 그는 갈증이 날 때마다 인재를 찾았다.

비록 많은 돈을 손에 쥔 인생이지만, 돈보다는 자신의 사람을 손에 넣는 것에 희열을 느끼는 이가 바로 박거성이다.

"심지어 2학년 때는 학교에서 시켜서 졸업한 선배들이 치른 연합고사를 풀었나 봅니다. 한데 놀랍게도 한 문제를 틀렸다고 합니다. 그 한 문제도 틀린 게 아니라 아예 풀지 않았다고 하네요. 듣기로는 뒷장에 있던 문제라서 모르고 넘긴 것 같다는……."

"보통 놈이 아니라, 이 말이지?"

"예, 맞습니다. 또……."

"뭐가 또 있어?"

운전기사이자 박거성의 오른팔인 수하가 혀끝을 물더니 입을 다시 열었다.

"신세경 체육관이라고……."

"신세경 체육관? 뭐 이름이 그래?"

"관장의 딸 이름이 그렇다고……. 뭐, 그게 중요한 게 아니라, 그 복싱 도장에 3년째 다니고 있다고 합니다. 근데 그 실력이……."

더 이상 얘길 하지 않아도 박거성 역시 잘 알고 있었다. 건장한 수하 두 놈이 얻어터져서 왔지 않은가.

"근데 한 가지 이상한 게 있습니다."

이번에는 수하가 좀 전과 달리 심각한 얼굴을 돌렸다.

"뭐가?"

"이 학생, 신전에서 마크하고 있습니다."

"뭐라고?"

"이것저것 조사하는 중에 저희와 동선이 겹친 흔적이 눈에 띄어서 알아봤는데, 신전이 나왔습니다. 그러니까 신전에서 이 학생을 지켜보고 있다는 얘기입니다."

"그게 무슨 말이야?"

박거성이 얼굴을 찌푸리며 물었다.

"올 여름에 신전시멘트 강대원 회장의 손자가 죽은 사건 아시죠?"

"알지. 그 일 있고 한 달 이따 강대원 회장도 지병으로 죽은 게 바로 얼마 전이잖아?"

그래서 이제 신전은 완벽히 그 아들놈인 강성환의 것이 됐다. 그 욕심 많은 놈.

"그게 왜?"

"그 죽은 손자가 차현호의 친구였다고 합니다. 그뿐 아니라 사고 당시 함께 있었다고."

그 말에 박거성은 고개를 끄덕였다. 오호라, 그렇게 된 이야기라 이건가.

"제 아들 죽음에 차현호가 책임이 있다, 이거군."

"아무래도 그런 것 같습니다."

"크큭!"

박거성은 오른쪽 입꼬리를 크게 올렸다. 그가 뭔가의 그림을 그릴 때면 보이는 미소였다.

그리고 그 미소 뒤에는 꼭 뭔 일이 나도 난다.

"자식새끼가 죽었으니, 누구 한 사람은 책임을 져야지. 옳지. 암, 그게 맞지."

"그럼 그냥 둘까요? 괜히 신전하고 껄끄러워지면……."

하지만 박거성은 그 얘기는 귀담아듣지도 않고 까칠한 턱을 쓸어내리며 감탄하듯 속삭였다.

"어찌 됐든 이 녀석이 난놈이다, 이 말이군."

"예, 맞습니다. 난놈."

"그렇다면 지켜봐야겠지."

"그러시겠습니까? 신전이 걸리지 않을까요?"

다시 한 번 수하가 물었다.

"네 생각은 어떠냐?"

15년을 그의 오른팔로 살아온 수하 놈이다.

똑똑하고 사람 보는 눈이 있다.

처음 차현호가 찾아왔을 때도, 눈빛이 심상치 않다고 생각한 요 수하 놈이 박거성에게 직접 만나보는 게 좋겠다고 알렸을 정도니까.

그렇지 않고서야 이 박거성이 누가 찾아왔다고 함부로 만나나볼 수 있는 위치란 말인가.

하지만 늘 그렇듯 수하의 의견은 그저 참고일 뿐이다.

"저는 이미 사장님의 결정을 알 것 같습니다."

역시 똑똑한 놈.

"크크, 지들이 나한테 어쩌겠어. 지켜봐! 앞으로 뭘 하는지, 뭐가 될 놈인지. 쓸 만한 놈이면 키우고, 쓸모없는 놈이면……. 신전이 알아서 잡아먹겠지."

12장

봄비와 피아노

6개월 후, 1992년 3월.

"지난번에 고마웠어."

"뭘요."

빵집 여사장은 현호가 고른 빵 위에 서비스로 몇 개의 빵을 더 얹으며 눈웃음을 드러냈다.

얼마 전 양도세 관련해서 현호가 조언을 해줬기 때문이다.

담당 세무사라는 사람은 대답이 통 시원찮았고, 그러다 손님이 세무 서적을 보고 있기에 혹여나 해서 물어봤는데, 웬걸, 그게 행운이었지 뭔가.

"이제 카드도 돼요?"

현호는 카운터에 놓인 카드 단말기를 바라봤다.

"어. 이제 슬슬 들여놓을 때도 됐지."

1992년 기준 카드 발급 수는 1,500만 매.

사람들의 소비 패턴에 새로운 변화가 일어나는 때였다. 또 이는 다가올 대한민국의 먹구름의 전초이기도 했다.

"여기 있는 신문 봐도 돼요?"

"어, 그럼. 다 봐."

현호는 카운터에 아무렇게나 놓여 있던 여러 종류의 신문과 계산을 끝낸 빵 접시를 들고 창가에 앉았다.

봄 햇살이 유리창을 통과해 그가 앉은 테이블을 포근히 덮었다.

[단독] 탈루, 탈세 꼼짝 마라! 특무과가 지켜본다.

[단독] 특수세무조사과 작년 한 해, 1천억 규모의 추가 세수 확보.

[단독] 특수세무조사과→특수세무조사부 금일 새 출범.

각 신문 1면에는 특무과에 대한 소식이 메인에 있었다.

실린 사진 중에는 장충도의 뒷모습도 있었다.

지난 한 해 특무과의 활약은 놀라움의 연속이었다. 1천억 원의 추가 세수 확보만 봐도 그 활약이 어땠는지 짐작할 수 있다.

급기야 특수세무조사과는 지방 세무서에서 분리돼 특수세무조사부라는 명칭으로 새로이 출범하게 됐다.

이대로 가다가는 단독 기관이 되는 것도 시간문제일 터.

'흠, 이대로는 지방청 조사국하고 겹칠 텐데.'

신문을 훑어 내리던 현호의 눈이 찌푸려졌다.

지방청은 국세청 산하기관으로 각 지역의 세무서를 관할한다.

전국에는 서울청, 중부청 등 6개 지방청이 존재하는데, 문제는 특무과의 권한을 두고 봤을 때 지방청 조사국을 넘어서는 것은 시간문제라는 점이고, 머지않아 기관 내 충돌이 있을 것이라는 얘기다.

향후 예상할 수 있는 스토리는 특무과가 지방청 조사국을 먹어버리는 것이다.

지금 특무과는 뭐든 집어삼키는 팩맨이나 다름없었다.

딸랑딸랑.

출입문의 풍경 소리에 현호는 신문을 접어서 한쪽으로 치웠다.

접힌 면에 신전전자에 대한 소식이 있었지만 눈을 찌푸리며 외면하고 책으로 시선을 돌렸다.

중학교 졸업 전, 담임의 간곡한 부탁 때문에 치러본 연합고사에서는 무난하게 200점 만점을 받았다.

물론 현호는 고등학교 진학을 하지 않겠다고 선언을 했지만, 어찌 됐든 영선중학교는 학교 입구에 플래카드를 설치할 수 있는 행운은 누릴 수 있었다.

자신들이 키웠다고 기침 정도는 한 것이다.

현호는 그런 걸 군이 말리거나 거부하지는 않았다. 세상에 드러낼 수 있는 이력서 한 줄을 군이 감출 필요는 없었다.

"사장님, 크림빵 나왔어요?"

좀 전에 문을 열고 들어온 여섯 명의 대학생이었다.

"미안해서 어쩌지? 크림빵은 조금 기다려야 하는데. 대신 고로케는 있는데?"

여기 빵집은 제법 장사가 잘되는 편이었다. 그러다 보니 아침에 개시하는 첫 빵은 금방 나가고는 했는데, 현호가 좀 전에 마지막 크림빵을 샀다.

"아깝네. 그럼 고로케 여섯 개 주시고요, 저희 공부하고 있을 테니까 크림빵 지금 구워주시면 안 돼요?"

"그래. 10분만 기다려."

"예엡!"

현호는 책을 보던 시선을 들어 학생들을 잠시 눈여겨봤다. 남자 셋과 여자 셋이었다.

'스터디 모임치고는 번잡하네.'

현호는 좀 전에 여사장과 대화를 한 남자의 이름을 알고 있었다.

빵집에서 이따금 보이는 친구들이었고, 어쩌면 그들도 현호의 존재를 알고 있을지도 모른다.

'변석수라고 했지?'

최근 현호는 아침에는 빵집에서 잠깐 책을 보고, 점심 이후에는 독서실에 종일 붙어 있었다.

그의 기억력이라면 책을 한 번 보고 머릿속에 저장하면 충분할 터였지만 이해라는 개념은 저장만으로는 부족한 게 사실이었다.

이미 한번 거쳤다고 술술 이해가 되는 건 아니다.

그래서 현호는 가능한 이해를 위해서 공부에 파고들었고, 또 그 시간은 머릿속의 잡념을 없애는 방편이기도 했다.

"아, 근데 사장님."

"응?"

변석수가 빵집 여사장을 불렀다.

그녀가 눈웃음으로 바라보자 그는 수줍은 미소를 짓더니 눈썹을 들썩이며 물었다.

"지난번에 물어보신 거 있잖아요? 그거 좀 알아 왔는데."

빵집 여사장은 현호에게 물어봤던 것을 이 친구들에게도 물었었다.

세무사 시험을 준비하는 스터디 모임이었기 때문이다.

하지만 실무 경험은커녕 걸음마를 떼는 병아리 수준이니 이들이 바로 대답을 해줄 수는 없었다. 그래서 답을 집에서 찾아 온 듯했다.

"아, 석수 학생한테 미안해서 어쩌지? 그거 이미 해결됐는데."

"진짜요? 담당 세무사가 돌팔이라면서요?"

"손님이 알려주셨어."

"아… 손님이요?"

여사장은 잠시 대답을 주저하다가 현호를 힐끗 보며 주방으로 들어갔다. 그녀가 눈에 안 보이자 좀 전에 질문했던 변석수는 손깍지를 목에 걸고 의자에 기대며 고개를 갸우뚱했다.

"손님? 누구지?"

"야, 뭘 그런 걸 신경 써?"

"아니, 뭐 그냥."

"얘 사장님 좋아하잖아. 호호."

"시끄럽거든?"

여자들의 깔깔거리는 웃음소리에 변석수는 무안한지 이마를 긁적거리며 고개를 돌렸다. 그러다가 자신을 바라보는 현호의 시선에 멈칫했다.

비단 변석수뿐 아니라 여자들도 그 시선을 느꼈다.

"뭐야, 저 자식은?"

"어머, 쟤 오늘도 있네."

불쾌감을 느끼는 변석수와 달리 여자들은 그 시선에 설레는 가슴을 쓸어내렸다.

그러거나 말거나, 현호는 빵을 입에 물고 책을 챙겨 일어났다.

지금 현호의 키는 182센티미터.

이전 삶에서 170 초반이었지만, 현재의 삶에서는 작년 170 중반을 넘더니 마침내 180을 돌파했다.

사실 170 초반도 선천적으로는 작은 키는 아니다.

거기에다 운동이라는 꾸준한 요소가 들어갔으니 당연한 수순이었다.

아무튼 182센티미터의 키가 가진 위엄은 대단했다.

팔다리는 길고, 손가락은 가늘다.

햇빛이 그에게 닿아 만든 그림자는 자연이 만들어낸 걸작이었다.

"후와."

여자들은 그를 보고 있는 것만으로 숨이 막혀서 입술이 바싹바싹 마를 정도였다.

딸랑딸랑.

현호가 나가고 문이 닫히자 풍경 소리가 묻은 바람이 빵집을 흔들었다. 마침 주방에서 여사장이 나왔다.

"어머? 갔네."

그녀는 현호가 있던 빈자리를 바라보며 아쉬운 듯 눈주름을 기울였다.

"누구예요?"

변석수는 막 오븐에서 나온 크림빵을 건네는 여사장에게 좀 전에 나간 남자의 정체를 물었다.

"응……. 아까 걔가 내가 말한 그 손님이야."

면전에서는 얘기할 수 없었지만, 눈에 안 보이니 여사장은 거리낌 없이 얘기했다. 나쁜 얘기도 아니고, 솔직히 그 학생을 자랑하고 싶은 마음이었다.

"어디 대학이래요?"

곧바로 여자애들의 질문이 이어졌다. 변석수와 남자들은 못마땅한 듯 얼굴을 찌푸렸지만, 여사장은 신경 쓰지 않고 대답했다.

"대학생 아니야."

"예에?"

"그럼 졸업한 거예요? 우와, 되게 동안이다. 아니다, 고졸인가?"

세 명의 여자애들은 의문의 학생에 대해서 제비 새끼들처럼 조잘거렸다. 여사장은 피식 웃으며 고개를 가로저었다.

"작년까지 중학생."

"예에?"

놀란 그녀들이 입을 다물지 못했다.

누가 봐도 그 남자, 아니, 그 아이는 대학생이었다. 그것도 소위 말해 꽃 왕자 외모였다.

"잘생겼지? 인기가 보통이 아니야. 여자 손님들이 얼마나 자주 물어보는데. 누구냐고."

"그럼 고등학교는……."

"검정고시 본다고 진학 안 했대."

그 말에 변석수는 픽 웃으며 혀를 찼다.

"하여간 노는 애들은 뭔가 달라도 달라. 참 내, 검정고시는 무슨."

그러자 그 얘기를 질타하듯 여사장이 눈을 찌푸리며 말했다.

"놀기는. 작년 연합고사에서 만점 받은 학생이야. 뉴스에도 잠깐 나왔을걸?"

"예에?"

당황한 변석수와 달리 여자애들의 얼굴은 놀라움의 연속이 었다.

"석수 학생, 그렇게 안 봤는데, 사람 함부로 평가하면 안 되 는 거야."

"사장님은 어떻게 그렇게 잘 아세요? 하하. 뭐, 마음속으로 찜하기라도 하신 거예요? 하하."

변석수는 말실수를 면하려 농담을 섞어봤다.

하지만 그 말에 여사장의 얼굴이 싸늘하게 식었다. 그녀뿐 아니라 여자들도 마찬가지였다. 예의 없는 농담이었고, 주제넘 은 참견이었다.

"아, 죄송해요. 농, 담인데……."

여사장은 대꾸도 없이 카운터로 돌아갔고, 변석수는 친구 들의 따가운 눈총만 받아야 했다.

'젠장, 그 새끼 뭐야?'

애꿎은 정체불명의 녀석을 향해 화가 나는 순간이었다.

                        *   *   *

정신을 차리고 시계를 보니 오후 5시를 넘기고 있었다.

독서실에 들어온 지 6시간째, 현호는 화장실 한 번 가지 않고 책에 집중해 있었다.

사실 책을 보지도 않았다. 머릿속에 담겼으니 굳이 들여다볼 필요는 없었다. 눈을 감고 한 장 한 장의 기억을 넘기며 들여다봐도 될 터였다.

최근 현호는 가끔씩 시간을 두고 자신의 기억력, 즉 능력이란 걸 시험하곤 했다.

그의 기억력은 선명하고, 또 방대하며, 입체적이다.

눈으로 본 모든 것을 기억했으며 원하는 시간과 장소를 되새김하듯 그 한가운데에 서 있을 수도 있었다.

물론 그건 항상 좋은 것만은 아니었다.

처음에는 삶에 있어 크게 문제가 되진 않는다고 생각했다. 사람은 늘 앞만 보니까.

그런데 기억이 너무 선명하니 가끔 불현듯 되새김 될 때는 곤란한 점이 한두 가지가 아니었다.

그래서 가능한 필요치 않은 것들은 눈에 담지 않는 게 습관이 되고 있었다.

원치 않는 기억을 가진다는 것은 그만큼 꽤 성가신 일이다.

'빵집.'

현호는 오늘 아침의 빵집을 떠올렸다. 그러자 그는 빵집 한 가운데에 서 있었다.

눈앞에는 아침의 자신이 앉아 있었고, 현호는 서서 그 모습을 지켜보고 있었다.

고개를 돌리니 변석수와 스터디 모임이, 카운터에는 여사장이 보였다.

현호는 여사장에게 가까이 갔다.

카드 단말기, 신문, 카운터에 놓인 동전의 개수까지도 보인다. 그뿐 아니라 그 질감도 느껴진다.

심지어 여사장의 볼에 손을 가져가니 촉감마저 느껴진다. 어쩌면 질감이나 촉감은 경험과 상상이 더해진 결과물일지도 모른다.

'역시 여긴 안 되네.'

하지만 주방으로 들어갈 수는 없었다. 현호가 주방을 본 적은 없었기 때문이다.

그럼에도 주방을 제외한 빵집 내 전경이 완벽히 구현되고 있었다.

인간의 시야는 굉장히 광활해서 스쳐보는 모든 것은 정보가 돼 머릿속에 쌓인다. 그중에서 쓸모없는 것은 버려지고, 쓸모 있는 것만 인식되는 것이다.

대학 시절에 들었던 교양 수업에서 그런 내용을 배운 기억이 있다.

물론 그때의 순간도 떠올리니 선명히 되새김 된다.

다만 한 가지 아쉬운 점은 있었다.

그 모든 것이 놀랍도록 선명하지만, 문제는 정적이라는 점이다.

지켜볼 수밖에 없다는 얘기.

그 기억 속에서 무엇을 바꿀 수도, 영향을 줄 수도 없다.

'여기까지가 2단계.'

현호는 자신의 특별한 기억력을 3단계로 나눴다.

눈에 담은 것들이 입체적인 사진 속 공간을 만들어내면, 2단계를 거치면서 바닥의 먼지 하나, 햇살의 움직임, 공기 중의 냄새, 벽의 질감까지 더해지는 것이다.

그리고 마지막 3단계는 보다 정밀한 분류.

현호는 그동안의 연습 끝에 일정한 컨트롤이 가능해졌다. 또한 2단계 능력의 구현 시간을 최대 30분가량 유지할 수 있게 됐다.

하지만 2단계 능력을 쓰는 순간부터 시작되는 두통과 쓰레기처럼 가득 쌓이는 정보들은 도저히 해결할 수가 없었다.

처음부터 3단계로 바로 진입해 중요한 정보만 분류하면 좋겠지만, 아무리 해도 일단은 2단계로의 진입을 거쳐야 했다.

결론적으로 한 번에 가능한 시간은 5분이 적정 수준이었다.

"현호 학생."

누군가 어깨를 건드리자 빵집이 와르르 무너져 내린다. 현호는 눈을 떴다.

"아, 고마워요, 형."

독서실 사서였다. 혹시 몰라서 현호가 오후 5시가 되면 좀 알려달라고 부탁을 했었다.

현호는 가방을 챙겼다.

미숙이가 기다리고 있다.

서둘러 가방을 챙겨 독서실을 나왔다.

낡은 건물은 유독 춥고 계단은 왠지 좁아 보였다.

잰걸음으로 건물을 빠져나와 제일 먼저 보이는 건 가로수였다.

밖은 비가 추적추적 내리고 있었다.

현호는 앙상한 가로수를 바라보며 우산을 폈다.

점심을 먹고 집에서 나오는데, 오후에 비가 올 것 같으니 미숙이를 마중 나가면 안 되겠냐는 어머니의 부탁이 있었다.

이제 중학교 2학년인 미숙이는 집 근처 여중에 다니고 있었다. 그래서 이렇듯 가끔 성가신 심부름을 하는 것이다.

동생을 위해 우산 좀 가져다주는 건 어렵지가 않다.

문제는 현호가 미숙이 학교에 갔을 때 다가오는 시선들이었다.

현호에게 있어 미숙이의 친구들은 한없이 어린 아이들이었지만, 그녀들에게 있어 현호는 톱스타 못지않았다.

가끔 이렇듯 비가 와서 미숙이를 데려갈 때면 시선을 한 몸에 받을 수밖에 없다는 얘기다.

처음에 미숙이는 그게 싫다며 오지 말라고 했지만, 또 최근에는 안 온다고 난리였다.

'하여간 갈피를 잡을 수 없는 년이야.'

고개를 절레절레 흔들며 걸음을 서둘렀다.

늦으면 또 늦는다고 지랄할 터이니 그 비위를 맞춰주려면 서둘러야 했다.

미숙이의 학교인 대림여중은 언덕에 위치해 있었다.

마침 하교 시간에 제대로 맞춰 왔는지 여자아이들이 내려오고 있었다.

그녀들보다 두세 뼘은 큰 현호가 지나가니 자연스레 시선이 쏠릴 수밖에 없었다.

정문에서 미숙이가 기다리고 있었다.

"야, 멍충아! 왜 이렇게 늦게 와?"

"멍충해서 늦었다."

대충 무시하고 들고 온 우산을 건넸다. 미숙이 곁에는 친구들이 있었다.

"안녕하세요."

그에게 인사를 하고는 수줍게 웃는다. 뭐가 그렇게들 좋은

지 입가에 웃음꽃이 만연하다.

"그래, 안녕."

"꺄."

짧은 손 인사에도 비명이 자지러진다. 그 아기자기하고 발을 동동 구르는 모습에 현호는 피식 웃었다.

다만 그 웃음으로 인해 비명이 더 커졌을 뿐이다.

'아영이한테는 못난 아빠였는데.'

다시는 볼 수 없는 딸이지만, 지금 그의 모습을 본다면 어떤 반응을 보일지 못내 궁금한 현호였다.

"저기, 오빠… 생일이 언제세요?"

"생일?"

미숙이의 친구들이 눈을 반짝이며 그를 바라봤다.

아마도 선물을 해주려는 모양이었다.

현호는 픽 웃으며 질문을 한 여자아이의 이마를 톡 건드렸다.

"너희 부모님 생신은 아니?"

"아……."

당황해서 맑은 눈동자를 또르르 굴리는 아이의 모습에 현호는 손을 뻗어 아이의 흐트러진 머리카락을 쓸어 올려줬다.

"부모님 생신부터 챙겨. 알았지?"

"예."

현호는 수줍음에 얼굴이 붉게 달아오른 아이를 뒤로하고 돌아섰다.

"갈게."

친구들에게 손을 흔들고 걸어가자 미숙이가 현호의 뒤를 쫓았다.

"저기, 오빠."

곁에 바싹 붙은 미숙이가 뜸 들여 그를 불렀다.

"왜?"

"다른 게 아니고."

뭔 얘기를 하려고 이러나.

"뭔데?"

"저기, 3학년 언니 중에 영자 언니라고 있거든."

"근데?"

"그 영자 언니가 오빠 팬이라고……."

"팬?"

현호가 눈을 찌푸렸다. 팬이라니, 볼펜?

"우리 학교에서 오빠 쪼금 인기 있거든?"

난감하고 기가 막힌다.

저 아이들이야 그러려니 했는데, 그 정도 인기란 말인가.

'흠, 이거 세무사가 아니라 연예인을 해야 하나.'

하기는, 이 나이대 여자아이들이야 쉽게 사람을 동경하고 쉽게 사람을 좋아한다.

"됐어, 인마."

"아, 쫌! 내 부탁 좀 들어줘라! 그 언니가 내 엑스 언니란 말이야."

그놈의 엑스 타령은.

"엑스 언니는 무슨. 너희들, 나한테는 애거든?"

"이리 큰 애 봤냐?"

미숙이가 은근히 가슴을 쑥 내밀었다.

요즘 한창 여자 흉내를 내는 모습에 기가 막혔었는데, 현호는 그 모습이 가소로워 픽 웃었다.

"미친년아, 거기에 휴지 넣었냐?"

"뭐어! 이 병신이!"

"오빠한테 병신? 이 무개념이!"

"병신아, 개념은 너나 채워라! 중졸 주제에."

"허."

현호는 고개를 절레절레 흔들었다.

여동생이라는 이 애증의 대상을 어찌해야 한단 말인가.

"너, 내일부터 우산 알아서 챙겨 가라. 나 이제 안 온다."

"나도 원치 않거든. 요즘 이상한 사람들이 어슬렁거려서 그렇지. 그럴 때 써먹는 게 오빠 아니냐?"

"이상한 사람들?"

"남자애들. 고등학생들인데 요즘 자주 왔다 갔다 하더라고. 얼마 전에 여기 근처에 롤러장 생겼잖아."

그놈의 롤러장은.

한때는 그도 제법 뻔질나게 들락거렸었다.

'후……'

비의 정취.

겨우내 얼어붙어 있던 땅이 봄비를 흠뻑 마시고 서서히 기지개를 켠다.

흐릿해진 하늘 아래 저녁 어스름이 만개하기 시작했다.

'이런 날씨는 피아노 선율이 잘 어울리는데.'

비가 오는 날은 왠지 기분이 가라앉는다. 파전에 막걸리 한잔이 그립다고 할까.

"오빠."

갑자기 미숙이가 걸음을 멈췄다.

"또 뭔데?"

현호는 짜증이 나서 눈을 찌푸렸다.

비도 오는데 오늘따라 왜 자꾸 시비를 거나.

"저기 봐봐."

"뭐?"

현호는 미숙이가 내민 손을 따라 고개를 돌렸다.

골목이었는데, 비로 인해 어둑해져서인지 벌써부터 가로등이 켜져 있었다. 한데 그곳에 우산을 쓴 학생들이 있었다.

"저게 뭐?"

"잘 좀 봐라, 바보야."

"이게 또."

현호는 눈을 찌푸리고 다시 고개를 돌렸다. 그제야 미숙이가 말한 문제를 제대로 볼 수 있었다.

남학생들이다.

녀석들이 여학생 둘에게 집적거리고 있었다.

"오빠가 가서 도와줘라."

"뭐?"

현호의 눈이 찌푸려지자 미숙이가 이해할 수 없다는 듯이 고개를 갸우뚱한다.

"가서 뭐라도 좀 해봐."

잠시 걸음을 멈췄던 현호였지만, 그는 고개를 돌려 외면했다. 저들에게 가는 방향도 아니었고, 당장 무슨 일이 벌어진 것도 아니었다.

설사 일이 벌어졌다고 해도 도와줄 이유는 없었다.

"오빠?"

미숙이가 그를 불렀지만 현호는 쓸데없이 남의 일에 끼어들고 싶지 않았다.

"내려가서 경찰서에 신고나 하자."

"가서 좀 도와줘라! 오빠 권투 배웠잖아?"

"그러다 다치면? 누가 책임지는데?"

현호는 미숙이를 타박할 생각은 아니었다.

동생의 생각을 이해 못 하는 건 아니지만, 철없는 생각이다.

그녀 때문에 현호가 다칠 수도 있었고, 그녀 자신이 다칠 수도 있었다.

21세기는 괜히 사람 도와줬다가는 오히려 고소에 피해 보상까지 해줘야 되는 시대다.

비단 그 이유가 아니더라도 이제 더 이상 현호는 타인의 일에 시간을 뺏길 생각이 없었다. 그런 일에 휩쓸리는 건 이제 지긋지긋하다.

착한 어린이 추억 여행은 중학교 때 끝냈다.

"가자."

현호의 무거운 시선에 미숙이는 입술을 꾹 깨물었지만 더 이상 얘길 꺼내지 않았다. 그리고 둘이 한 걸음 떼는데…….

"꺅!"

비명이다.

잠시 멈칫했지만 현호는 고개를 돌리지 않았다.

"왜 밀고 그래요! 진숙아, 괜찮아?"

재차 들린 여자의 비명 소리에 갑자기 현호가 걸음을 멈췄다.

투둑, 투두둑.

빗방울이 우산을 두드린다.

자연스럽게 고개를 돌린 현호의 시야에는 쓰러진 여학생의 모습이 담겼다.

미간을 찌푸린 순간.

현호의 시야에 들어온 것은 잘게 잘린 순간의 정보들이었다. 그 정보의 한 조각에 그가 아는 얼굴이 담겼다.

'자이언트?'

　　　　　*　　　　　*　　　　　*

　"아, 씨발. 같이 빵이나 좀 먹자고. 롤러장도 가고."

　"왜, 왜 이래요!"

　"이 씨발년이! 커헉!"

　쓰러져 있는 박진숙에게 손을 올리던 남학생은 갑자기 옆에서 날아온 긴 다리에 맞아 튕겨 나가야 했다.

　"뭐야?"

　뒤에 서 있던 남학생들은 예고도 없이 들이닥친 현호의 모습에 당황해서 주춤했다.

　당장 덤비자니 덩치가 보통이 아닌 것이다.

　"꺼져."

　현호는 우산 속에서 그들을 바라봤다.

　노려볼 필요도 없었다. 쓸모없는 놈들을 바라보는 그의 시선은 알아서 차가워진다.

　"이, 이 새끼가!"

　"야, 잠깐만."

　한 녀석이 현호에게 덤비려는 그때, 또 한 녀석이 튀어나와 놈을 붙잡았다.

　"너, 영선중학교의 차현호지?"

　녀석이 물었다.

현호는 녀석의 얼굴을 보며 기억을 훑었다.

방대한 기억의 필름들이 엄청난 속도로 눈앞을 스치다가 멈췄다.

'아, 쭉정이 패다가 나한테 얻어맞은 놈이구나.'

녀석의 정체는 재작년 영선중학교 2학년 7반 반짱.

"오랜만이다. 고등학교 안 갔다는 얘기는 들었어. 만나서 반갑다."

녀석이 현호에게 악수를 청하려 손을 내밀었다.

현호는 그 손을 그냥 쳐다만 봤다. 양아치가 주제넘게 어른 흉내를 내고 있으니 어이가 없었다.

무안함에 당황하는 녀석을 보며 입을 열었다.

"두 번 얘기할까?"

"어? 뭐가?"

하여간 세상에 한 번 말해서 통하는 인간이 없다.

혼이 나도 반복해서 고개를 치켜들고, 또 반복해서 고개를 숙이게 만들어야 한다.

"꺼지라니까."

"이 개새끼가!"

좀 전에 현호에게 걸어차였던 녀석이 벌떡 일어나 주먹을 내질렀다.

뿐만 아니라 다른 녀석들도 화가 잔뜩 난 듯했다.

하지만 이 싸움, 애초부터 상대가 되질 않는 경기였다.

현호가 눈을 부릅떴다.

'2단계.'

우산을 손에서 놓자 시간이 멈춘다.

천천히, 아주 천천히 우산이 쓰러진다.

빗방울 하나까지도 잘게 잘려 눈에 들어왔다.

녀석들이 뻗는 주먹도 예외일 수 없다.

지금의 순간순간이 슬로비디오의 컷이 넘어가는 느낌이다.

현호는 상대의 옆구리에 주먹을 날렸다.

옆구리 다음은 턱.

턱을 향해 뻗은 주먹에 빗방울들이 스쳐 간다.

퍽! 퍽!

그 움직임은 빠르고 군더더기 하나 없었다.

인간, 그중 현호의 신체가 만들어낼 수 있는 최상의 속도와 움직임, 거기에 2단계 능력이 더해진 시너지 효과.

현호는 쓰러진 놈의 뒤에서 달려오는 녀석에게는 긴 다리를 쫙 뻗어 얼굴을 박살 냈다.

순식간에 남학생들이 바닥에 나뒹굴었다.

미처 덤비지 못한 세 명은 눈 한 번 깜빡이는 사이 벌어진 상황에 놀라서 발을 떼지도 못했다.

"너희들도 덤빌 거야?"

현호는 그들을 바라봤다. 서로 눈치만 살필 뿐이다.

"그래. 멀쩡하게 살려면 눈치가 있어야지."

현호는 속삭임을 뱉으며 쓰러진 놈들에게 다가갔다.

그중에서 박진숙을 밀치고 깐죽대던 녀석을 붙잡아 들어 올렸다.

그 악력이 엄청나서 60킬로에 육박한 남학생이 저항 한번 못 하고 몸을 일으켰다.

"컥, 컥."

옷깃을 붙잡힌 녀석은 숨을 제대로 쉴 수가 없어 토악질을 하듯 숨을 뱉어내고 있었다.

"이 동네에서 또 눈에 띄면 어떻게 될 것 같냐?"

현호가 물었다. 녀석은 입술을 바르르 떨었다.

빗방울은 녀석의 얼굴을 두드렸고, 현호의 머리카락을 타고 흘러 날이 선 시선 위로 뚝 떨어졌다.

"그, 근처에 다신 안 올게."

"그래? 뭐, 한번 속아줄게."

붙잡은 옷깃을 놓자 놈이 풀썩 엎어졌다.

바닥을 기어가다시피 도망치는 녀석들을 뒤로하고, 현호는 박진숙에게 손을 뻗었다.

"또 보네?"

그가 픽 웃자 박진숙이 고개를 갸웃했다.

"누구… 세요?"

"훗."

재차 웃는 남자. 긴 팔과 가는 손가락들, 이 의문의 남자의 정체는 누구일까.

"아……."

멍하게 고개를 들고 있던 박진숙이 탄성을 내비치며 입을 열었다.

"너… 현호, 현호 맞지?"

이제야 그녀는 그를 알아봤다.

아무리 시간이 흘렀어도, 서로가 많은 것이 변했다지만, 소녀는 자신의 첫사랑이었던 소년의 얼굴을 기억하고 있었다.

투둑투둑.

"야……. 그 박진숙이가 이렇게 변하다니."

현호는 환히 웃으며 걸음을 내디뎠다.

오랜만에 맘 편히 미소를 보이기도 했다. 박진숙과 그녀의 친구, 그리고 미숙이까지. 졸지에 여자 셋과 함께 걷게 됐다.

"그만 놀려."

박진숙은 수줍은 얼굴을 감추느라 애를 먹고 있었다.

성남으로 이사했다가 얼마 전 다시 강남의 고등학교로 전학을 온 그녀였다. 내심 현호를 만날지도 모른다고 생각했는데, 이렇게 만날 줄이야.

"근데 너 엄청 커졌다."

국민학교 때는 그녀보다 두 뼘은 작은 키의 현호였다.

"하긴, 너 그때 자이언트였잖아."

현호의 말에 박진숙의 얼굴이 붉게 변했다. 듣기 싫은 별명이다. 좋아하는 남자애가 그걸 기억하고 있으니 창피할 수밖에 없었다.

하지만 현호는 철부지 남학생이 아니었다.

"그 별명 어떤 놈이 지었는지, 훗……. 아마 지금 널 보면 깜짝 놀랄 거다."

"응?"

현호의 말에 박진숙이 고개를 들었다. 현호는 고개를 돌려 그녀를 내려다보며 가볍게 미소를 보였다.

"이렇게 예뻐진 줄 알면 깜짝 놀랄 거라고."

그냥 하는 인사치레는 아니었다.

정말 예뻐졌고, 현호의 입장에서는 흐뭇한 미소가 들 만큼 잘 자란 박진숙이었다.

"언니, 신경 쓰지 마요. 우리 오빠 아무한테나 다 그래."

미숙이가 톡 쏘아붙이듯 얘기하자 오히려 박진숙이 난감해 입술을 달싹여야 했다.

"인마, 너한테는 안 그러거든? 휴지나 구겨 넣는 게."

"병신아!"

남매의 다툼을 바라보는 박진숙의 얼굴은 그저 오랜만에 만난 짝사랑의 모습에 설렘을 느끼는 얼굴이 아니었다.

그 얼굴은 지금 순간 한 남자에게 첫눈에 반한 여자의 순수한 모습이었다.

봄비는 오늘 이후 그녀에게 특별한 기억이 될 것이다.

"진숙이랑 친하셨어요?"

내내 조용하던 박진숙의 친구가 수줍게 질문을 이었다.

그 친구는 타이밍을 기다리고 있었고, 박진숙의 얼굴에 홍조가 피는 것을 지켜봤다. 물론, 그 친구의 얼굴이라고 다르진 않았다.

'아……. 이거 참.'

현호는 대답을 주저했다. 계속 걸으며 박진숙의 친구를 힐끗 보고 미소로 대신 대답을 했다.

'아예 말을 섞지 말자.'

현호가 이러는 이유가 있었다. 바로 박진숙의 친구가 이전 삶에서 현호의 첫사랑이었기 때문이다.

남자의 첫사랑이란 지워지지 않는 향수라는 말이 있다.

원래의 운명이라면 현호는 고등학교 2학년 때 첫사랑인 그녀와 인연이 닿았다.

물론 지금은 고등학교 진학을 하지 않았으니 첫사랑인 그녀와 인연이 닿을 리가 없었다.

그런데 오늘 이렇게 마주치게 될 줄이야.

운명이란 정말 존재한단 말인가.

"어디 학교 다니세요?"

아픔으로만 남았던 첫사랑의 그녀가 지금 말을 걸고 있는 것이다.

"우리 오빠……."

미숙이가 대신 얘기하려 했지만 현호는 걸음을 멈췄다.

"잘 가. 우린 이쪽 방향이거든."

"어?"

굳이 박진숙, 그리고 첫사랑과 인연을 이을 필요는 없었다. 현호에게 있어 두 사람은 앞으로의 삶에 있어 고려 대상이 아니었다.

첫사랑과의 마지막은 비참하게 끝났었고, 박진숙과는 애초부터 인연이 없었다.

이번 삶에서 다시 만났다고 달라질 것은 없다는 얘기였다.

향수는 씻어낼 수 없을지 모르지만 세상에는 수없이 많은 종류의 향수가 있는 법이다.

"잘 있어."

당황해서 아무 말도 잇지 못하는 그녀들을 두고 현호는 집으로 발걸음을 틀었다.

미숙이가 번갈아 고개를 돌리다가 현호를 서둘러 쫓았다.

*　　　　　*　　　　　*

현호가 다시 박진숙을 만난 것은 바로 다음 날이었다.

그녀가 어제 헤어진 골목에서 기다리고 있었던 것이다.

"현호야."

"너 여긴······. 학교 안 갔어?"

"오늘 개교기념일이야."

그 순간 살짝 찌푸린 현호의 눈에는 박진숙이 개교기념일을 얘기하는 한 장면만이 유독 도드라져서 튕기듯 시야를 벗어났다.

'거짓말이네.'

그럼 언제부터 기다린 걸까.

아마 아침부터 기약 없이 기다렸을 것이다.

"밥 먹었어?"

"어? 아니."

수줍게 웃는 그녀를 데리고 빵집으로 향했다. 그녀는 세상을 다 가진 것처럼 미소를 짓고, 수줍게 붉어진 볼을 가리며 그의 곁을 따랐다.

"그럼 공부는 독서실에서 하는 거야?"

그녀가 물었다.

"응, 주로. 너는 학교 다닐 만해? 근데 성남으로 전학 갔었잖아?"

"올해 전학 왔어."

"그럼 낯설겠다. 여기는 친구도 별로 없을 텐데."

현호의 말이 맞았지만 박진숙은 수줍게 미소를 그렸다.

아직 많은 친구가 없는 게 사실이지만, 진짜 괜찮은 친구 하나를 어제 만났으니까.

두 사람은 빵집으로 들어갔다.

여사장이 현호를 보고 미소와 함께 반겼다. 물론 변석수 일행도 있었다.

"어머, 여자 친구야?"

여사장의 설레발에 현호는 고개를 가로저었다.

박진숙과 함께 빵집에 올 생각을 했을 때부터 여사장의 오지랖은 예상한 터였다.

"친구예요."

"어머, 친구라기에는 너무 예쁘다. 둘이 너무 잘 어울리는데?"

"흠, 근처에 빵집이 또 어디에 있더라?"

현호의 넉살에 여사장은 코끝을 찌푸리더니 박진숙을 향해 애교 섞인 윙크를 보였다.

"자, 그럼 뭐 줄까? 직접 고를래?"

"아무거나 주세요. 사장님 빵은 다 맛있으니까."

현호의 말에 여사장의 미소가 한층 커진다.

"역시 센스가 있다니까."

여사장은 카운터 진열대에 놓인 빵들 중에서 평소 현호가 자주 집는 빵들을 골라 담았다. 물론 서비스 몇 개가 더 올라가는 것은 기본이었다.

현호는 창가 테이블에 박진숙을 먼저 앉히고 빈 의자에 가방을 올려놓으며 물었다.

"우유 마실래, 주스 마실래?"

"우유."

"사장님, 저희 우유 두 잔 주세요."

"그래. 앉아 있어."

현호가 자리에 앉는 그때였다.

"참 내, 남들 고등학교 가서 공부할 시간에 연애질이라니."

변석수였다.

현호의 시선이 변석수의 스터디 모임을 향했다. 그러자 오히려 현호보다 스터디 모임의 여자들이 당황하고 있었다.

"야, 왜 그래?"

"뭐가, 그냥 하는 소리지. 아니, 그렇잖아? 겨우 17살짜리가 여자나 만나고, 학교는 관두고."

변석수는 낮은 목소리로 중얼거렸지만 현호가 충분히 들릴 정도로 얘기를 이어갔다. 또 충분히 현호를 지칭하고 있음을 바로 알 수 있는 얘기들이었다.

'뭐야, 저 자식은?'

뜬금없이 태클을 걸어오는 변석수의 행태가 황당하긴 했지만 현호는 일단 자리에 앉았다.

'참을 인' 자 한 번 새기면 그냥 넘어가도 될 일이었다.

본디 무턱대고 타인에게 시비를 거는 놈치고 정신이 제대로 박힌 놈이 없다.

별거 아닌 놈이라는 뜻이다.

"진숙아, 먹어."

"어, 어. 잘 먹을게."

변석수 때문에 엄한 박진숙만 얼어붙었다. 현호는 한 번 더 변석수를 눈에 담고 박진숙을 마주 봤다.

아직까지 젖살이 빠지지 않은 볼이 통통하다.

그 모습을 보고 있으니 저도 모르게 흐뭇한 미소가 나오고 말았다.

"훗."

이유 모를 웃음에 진숙이가 눈을 기울이며 그를 바라봤다.

"왜 웃어?"

"그냥."

"그냥이 어디 있어."

국민학교 때의 그녀는 자이언트라고 불리며 웬만한 꼬맹이들은 감히 덤비질 못했다. 하지만 지금 그녀는 수줍은 소녀이고, 첫사랑에 빠진 여학생이었다.

그 풋풋한 모습이 소중히 감싸고 있는 마음을 잘 알기에 현호는 그녀에게 다시는 찾아오지 말라는 얘기를 할 수 없었다.

"너……."

누군가를 좋아하는 마음, 그 소중함을 무참히 짓밟는 것도 못 할 짓이니 말이다.

조금은 더 그 마음을 품고 있는 것도 이 아이에게는 나쁘지 않을 것이다.

"왜?"

"학교 쉬는 날이라며? 어디 가던 길이었어?"

"어? 어… 학원."

박진숙은 내내 현호를 기다렸다는 말을 할 수가 없어 서둘러 핑곗거리를 댔다.

"학원?"

"응, 피아노 학원."

"너 피아노 배워?"

현호는 호기심에 물었다.

피아노는 그가 마음을 놓고 즐겼던 유일한 취미니 당연히 관심이 갈 수밖에 없었다.

"너 피아노 관심 있어?"

박진숙이 우유 한 모금을 얼른 마시고 눈을 깜빡이며 물었다.

"뭐, 그냥 듣는 거는."

"그래? 그럼 더 열심히 해야겠다."

수줍은 미소로 혼잣말을 속삭이는 박진숙의 모습이 보기 좋았다.

한편 현호와 박진숙의 모습에 변석수는 뿔이 잔뜩 난 상태였다.

'저 자식, 양아치 새끼 같으니라고.'

생긴 것 하나만으로 여자들이나 만나는 녀석들은 뻔하디뻔하다.

'저런 자식들이 애나 덥석 만들어서 문제 일으키는 거지.'

탈선을 일삼는 문제의 청소년들.

그 청소년들이 지금 눈앞에 있는 것이다.

왠지 모르게 선도를 해야 한다는 생각이 불끈불끈 치솟고 있었다.

"아, 사장님, 세무사 바꾸셨어요?"

얼마 전 빵집 여사장은 담당 세무사가 아무것도 모른다며 다른 세무사와 거래를 할 거라는 얘기를 했었다.

현호에게도 그런 얘기를 했었고, 이는 변석수도 아는 사실이다.

"아직. 왜? 석수 학생이 해주게?"

여사장은 피식 웃었다. 그녀는 대수롭지 않게 생각하고 말한 듯 보였지만 변석수는 자신 있게 얘기를 이었다.

"못 할 거 뭐 있어요?"

"말이라도 고맙네."

여사장이 다시 웃자 변석수는 기분이 좋아서 함박웃음을 지었다. 지난번 말실수로 그녀를 보는 게 어색했는데, 잘만 하면 만회할 수도 있는 기회였다.

"아니, 그러지 말고, 제가 한번 봐드릴게요. 뭐 굳이 세무사를 써요. 여기 예비 세무사들이 여섯이나 있는데."

현호는 변석수의 모습에 그냥 빵집을 나갈까를 고민했다.

박진숙이 배고플 것 같아서 데려왔는데, 저 한 놈 때문에 신경이 쓰여서 제대로 빵을 먹을 수가 없었다.

"그럼 한번 석수 학생한테 맡겨볼까?"

여사장이 피식 웃으며 말했다. 그저 농담으로 한마디 뱉은 거였지만 변석수는 옳다구나, 하고 고개를 끄덕였다.

"그러시라니까요."

"그래? 흠……. 세금 낼 거야 그동안 내던 대로 내면 되는데, 그럼 따로 줄일 만한 세금이 있을까?"

여사장이 카운터에 기대고 물었다.

덕분에 그녀의 가슴이 도드라져 보이자 변석수의 눈이 댕그래졌다.

"경비야 잘 챙기셨을 테고, 우유, 밀가루, 과일, 견과류 같은 재료를 매입하실 때 영수증도 알아서 잘 챙기셨을 테고……. 아, 맞아. 의제매입세액공제 챙기셨죠?"

"의제매입세액공제? 글쎄, 아……. 그러고 보니 지난번에 들었던 것 같은데."

"혹시 사장님, 거래처 중에 농사짓는 분에게서 직접적으로 물건을 들이시는 거 있으세요? 왜 밀가루 같은 거."

"어, 있지. 근데 그건 면세잖아. 세액공제가 안 된다던데?"

"예? 그 세무사가 그래요? 그거 완전 돌팔이네."

변석수가 제 무릎을 탁 하고 두드렸다.

그 모습에 현호는 기가 차서 고개를 휘휘 저었다.

그거 하나 알았다고 의기양양해하는 모습을 보니 변석수가 세무사 시험을 통과할 날이 까마득히 멀어 보인다.

'저 바보, 세무사가 그런 걸 놓칠 리가 있나.'

이는 상식에서 접근해야 한다.

아마도 여사장이 제대로 설명을 듣지 않았을 가능성이 있었다. 대부분의 고객들은 세무사의 설명을 크게 귀담아듣지를 않는다.

당연한 것 아닌가.

그거 신경 쓰기 싫어서 수수료 내고 세무사를 쓰는 것인데.

지금 변석수가 거론한 부분을 보면 이런 얘기다.

원칙적으로는 모든 재화와 용역에는 세금, 즉 부가가치세가 붙는다.

한마디로 빵집에서 빵을 만들 재화(재료)를 매입했을 때도 부가세가 이미 붙었었고, 그걸로 빵을 만들어 손님에게 팔았을 때도 부가세를 붙여서 판다는 것이다.

그렇기에 나중에 빵집에서 세금 신고를 할 때, 재료를 매입하면서 냈던 부가가치세는 당연히 공제 항목에 포함이 되는 것이다.

이미 한번 낸 세금을 또 낼 수는 없으니 말이다.

하나, 일부 목적에 의해 처음부터 부가세가 면제되는 재료들도 있다.

농산물, 축산물, 수산물, 임산물 등이 여기에 해당한다.

당연히 이들 제품은 처음부터 부가세가 붙질 않았으니 빵집에서 재료를 매입했을 때 낸 부가세도 없을 테고, 나중에 공제받을 항목도 없어야 된다.

하지만 실제로 법은 이들 재료를 가공하여 팔았을 때 구매 금액의 일정 비율을 공제해 준다.

그게 바로 의제매입세액공제다.

"아이고, 사장님 나 없으면 큰일 날 뻔했네."

변석수는 의제매입세액공제에 대해 설명을 잇고는 아주 어깨가 딱 벌어진 상태였다.

한데 더 놀라운 것은 나머지 스터디 멤버들은 그 모습을 대단하다는 듯 쳐다보고 있다는 것이다.

'엉망이구만.'

박진숙도 빵을 거의 다 먹었겠다, 현호는 가방을 움켜쥐었다.

"그럼, 또 줄일 항목이 있을까?"

얘기가 그럴듯해 보이니 여사장이 변석수에게 다시 물었다.

변석수는 고개를 빳빳이 든 채로 시선을 휘휘 저으며 빵집을 둘러봤다.

뭐가 더 없나 보는 것 같지만 사실 개 눈에는 똥만 보이는 법이다.

대부분의 개인 사업자들은 그저 세금계산서만 잘 챙기면 별 탈 없이 한 해 장사를 마무리할 수가 있다.

세무의 첫걸음은 영수증 관리부터니 말이다.

그러니 변석수의 행동이 얼마나 잡다한지는 한눈에 알아볼 수 있었다.

빵집 여사장이 제대로 된 세무사만 만났어도 저런 놈의 허울뿐인 원맨쇼를 보고 있을 필요가 없다는 얘기다.

"가자."

현호는 자리에서 일어났다.

박진숙이 의자를 밀어내고 일어났다.

"가려고?"

여사장이 서둘러 미소를 들고 현호를 바라봤다.

그러자 변석수는 자신에게 쏠린 시선이 흐트러진 것 같았는지 얼굴을 팍 찌푸리고 불쾌감을 드러냈다.

"갈게요."

"그래, 잘 가."

현호는 먼저 빵집을 나간 박진숙의 뒤를 따라가려고 문을 붙잡았다가 문득 멈춰 여사장을 돌아봤다.

"왜? 뭐 놓고 갔어?"

그녀가 묻는다.

"사장님, 소득세 신고할 때는 카드 단말기 수수료도 공제되니까 그것도 챙기세요. 그리고 평소 영수증 잘 챙기시고요."

빵집은 최근에 카드 단말기를 들여놨다.

아마 그녀의 담당 세무사는 그 사실을 모를 것이다.

변석수 역시도 그제야 카드 단말기를 보고 아차 싶었는지 눈을 찌푸리고 있었다.

　"그리고 세무사 찾아가서 얘기 들으세요. 여기 형, 누나들 공부해야죠. 또 떨어지면 어떻게 하시려고 그래요."

　현호는 고시생들이 제일 싫어하는 떨어진다는 말을 아무렇지도 않게 뱉고서 변석수의 위아래를 훑어봤다.

　'변석수 이놈, 아까 박진숙 앞에서 한 행동.'

　'참을 인' 자 새기고 넘어가려고 했는데 그럴 수가 없다.

　여자 앞에서 모욕을 당하고도 물러나는 남자가 있던가.

　"그리고 형."

　현호가 미소를 보이며 자신을 부르자, 변석수는 지금 녀석의 시선과 말투가 자신을 무시한 것인지, 아니면 그냥 끼어든 건지 헷갈리고 있었다.

　그렇다고 성질대로 하자니 녀석의 덩치가 또 만만치가 않다.

　"왜?"

　"형은 세무사 말고 물장사하면 좋을 것 같은데?"

　"무, 물장사?"

　변석수가 눈을 콱 찌푸린다.

　"아, 유흥업소 그런 거 말고요. 진짜 물장사."

　"너 그게 무슨 말이야?"

　"아니, 이름이 석수니까 물장사 잘할 것 같아서. 석수."

"뭐?"

눈을 부릅뜨는 변석수를 뒤로하고 현호는 빵집을 나왔다.

"진숙아, 가자."

변석수가 뒤에서 쫓아오면 한 대 때려줄까 싶어 돌아봤는데 따라오지는 않았다.

"자식, 내 말 새겨들으면 인생 피는 건데."

"어?"

혼잣말을 속삭이는 현호의 모습에 박진숙이 고개를 갸우뚱했다.

"아니야. 그냥 혼잣말."

지금 막 현호는 변석수에게 인생 팁을 준 것이나 다름없었다.

지금이라도 생수 사업에 뛰어들면 머지않아 현대판 봉이 김선달이 될 수 있을 테니 말이다.

*   *   *

"들어가서 구경하고 갈래?"

박진숙의 제안에 현호는 고개를 들어 '청어피아노'라고 적힌 간판을 바라봤다.

한 사람만을 위한 전문적인 레슨 교실이라기보다는 흔한 피아노 학원이었다.

"미안, 독서실 가봐야 해서."

현호는 고개를 가로저었다.

학원생들의 피아노 소리에 귀를 기울이느니 노이즈 낀 클래식 라디오 방송을 듣는 게 나을 듯 보였다.

지금은 박진숙의 마음을 좀 더 두고 보기로 했을 뿐, 그녀에게 흔들리는 것은 아니었다.

차라리 회귀 후 바로 만나지만 않았어도 그녀에 대한 마음이 조금은 달라졌을지도 모른다.

"그래… 알았어. 잘 가."

실망에 잠긴 그녀의 시선을 뒤로했지만 현호는 몇 걸음 못 가 다시 멈춰 서야 했다.

"현호야?"

그에게 반갑게 알은척을 해오는 사람이 있었다.

"음악 선생님?"

그녀는 영선중학교 음악 선생님이었다.

"너 키가 더 컸네?"

오랜만에 마주한 제자의 모습이 반가웠는지 그녀는 활짝 핀 웃음으로 현호의 이곳저곳을 살폈다.

정작 그렇게 말하는 그녀 역시도 크게 달라진 것은 없었다. 단지 학교에서의 정숙한 옷차림과 달리 가벼운 원피스에 청재킷을 걸친 차림이었다.

"학교에 계실 시간 아니에요?"

"나 학교 그만뒀어."

그녀는 아무렇지도 않게 자신의 신상을 얘기했다.

"예?"

"나 이제 여기 학원 강사야. 너희들이 좀 말을 안 들었니?"

"아… 하하."

"농담이고. 학교 일이 안 맞아서. 그러는 너는? 너 고등학교 안 들어갔잖아?"

"예."

"그럼 지금 시간 되지?"

물기 어린 눈동자가 물으니 바로 거절하는 것도 꺼림칙했다. 하지만 좀 전에 박진숙의 제안을 거절했던 터라 난감해서 뒤를 돌아봤다.

박진숙이 입구에 선 채로 이 상황을 물끄러미 바라보고 있었다.

"여자 친구야?"

왜 어른들은 남학생과 여학생의 관계를 그런 식으로밖에 규정하지 못하는 걸까.

"친구예요."

"선생님이 코코아 타줄게. 너 연합고사 만점 받고 나서 얼마나 말들이 많았는데. 다들 영선중학교에서 인물 나왔다고 난리도 아니었다니까. 들어가자."

팔짱까지 끼고 끌고 가니 어쩔 수가 없었다.

현호는 그녀를 따라 학원 입구에 발을 들였다.

"선생님, 안녕하세요."

박진숙이 그녀를 향해 꾸벅 인사를 했다.

"진숙이가 현호 친구인지 몰랐네?"

"선생님은 어떻게 현호를 아세요?"

자신을 두고 여자들이 두런두런 얘기를 나누는 모습을 지켜보며 현호는 계단을 올라갔다.

2층에 위치한 피아노 교실은 유리문을 여는 순간부터 여러 방에서 소리들이 쏟아져 들렸다. 현호가 특출한 귀를 가진 것은 아니었지만, 그다지 유쾌한 소리들은 아니었다.

"아, 현호가 귀가 좋았지."

음악 선생님은 현호의 찌푸린 얼굴을 보며 예전에 자신이 친 피아노 소리와 제자가 친 피아노 소리를 구분했던 그를 기억해 냈다.

"좀 있으면 중등부 끝날 시간이거든. 고등부 애들은 실력 좋아."

박진숙은 수업을 위해서 교실로 엉거주춤 들어갔고, 현호는 음악 선생님을 따라 학원 사무실로 발을 들였다.

"어머, 이게 누구야? 홍 선생님 손님이야?"

나이가 제법 있어 보이는 여자가 일어나 물었다.

한눈에 봐도 피아노 학원의 원장인 듯 보였다.

"작년까지 제 제자였어요. 차현호라고, 연합고사 만점자."

"뭐어?"

누군들 자신과 연이 있는 사람이 대단한 능력의 소유자라면 자랑하고 싶지 않을까.

음악 선생님은 현호가 자신의 제자였다는 사실에 어깨에 제법 힘이 들어간 듯 보였다.

"현호야, 이리 와."

색이 바랜 회색 소파에 앉아 있자, 잠시 뒤 코코아를 타 온 그녀가 맞은편에 앉았다.

"자, 마셔. 근데 너 검정고시 본다며?"

"예."

"그럼 언제 보려나. 내년에?"

"아니요. 다음 달에요."

"뭐어?"

검정고시는 전반기와 후반기 두 번에 걸쳐 있었다.

이왕 시작한 거, 현호는 단숨에 쇠뿔을 뺄 셈이었다.

"다음 달에? 너무 이른 거 아니니?"

"그래야 올해 학력고사 치르고 내년에 대학 가죠."

"뭐어?"

그녀는 너무 놀라서 입을 다물지 못했다.

난놈.

그를 난놈이라고 생각하긴 했지만 무슨 계획이 이렇게 거창하고 빠르단 말인가.

"너, 너무 서두르는 것 같은데……."

서두른다는 그녀의 얘기에 현호는 대답 대신 미소를 지어 보였다. 올 한 해에 다 끝내려는 계획은 맞지만, 그다지 특별하게 서두르는 건 아니었다.

고등학교 검정고시 수준은 무난한 정도이고, 다만 문제는 학력고사 시험인데, 그마저도 현호는 과연 어느 정도의 점수, 어느 정도의 커트라인에 걸릴까를 고려할 뿐이었다.

아마 연합고사 때처럼 만점은 힘들 것이다.

그 정도까지는 기대하지 않는 현호였다.

"그래, 어디 대학 갈 건데? 정해놓은 데는 있어?"

"국립세무대학이요."

"세무대학?"

현호가 얘기한 국립세무대학은 1980년에 개교해 2001년에 폐교한 대학이다.

2년제 특수 목적 대학으로 국세 행정에 도움이 될 인재를 양성하기 위해 설립됐으며, 졸업과 동시에 국세청과 관세청에서 연수를 마친 뒤 8급 세무직 및 관세직 공무원으로 특별 채용되는 특전을 누렸다.

이로 인해 훗날에는 세무대학 출신들이 국세 행정에 있어 다방면에서 활약을 하게 된다.

"왜 하필… 세무대학이야?"

"그냥요."

말은 그렇게 했지만 현호가 세무의 길을 다시 가기로 결정한 진짜 이유가 있었다.

'궁금해졌으니까.'

세금.

세금을 내는 자, 세금을 뺏는 자, 세금을 줄이는 자.

그 모두를 지켜보고 싶어졌다.

세상을 속이고 비자금을 만드는 대기업.

자신보다 더 무지한 이를 속여 제 뱃속을 채우는 인간들.

꼴에 갑이라고 을에게 갑질하는 공무원.

'또 어떤 인간들이 있는지……'

궁금해졌다.

세금을 쫓다 보면 대한민국의 돈, 그 중심에 설 수 있을 것이다. 거기에는 대체 뭐가 있을까.

"그래서 공부는 잘돼?"

"그럭저럭이요."

"그래, 잘해봐. 이번에도 잘되면 또 학교에서 플래카드 걸겠네. 그거 아직도 걸려 있는 거 알아?"

음악 선생님은 픽 웃었다.

"그렇다고 하더라고요."

아마 올 한 해 계속 걸어놓지 않을까 싶었다.

"그래, 공부 열심히 하고, 힘들면 선생님 찾아와. 내가 맛있는 거 사줄게."

"예."

대답은 했지만 다시 찾아올 일은 없을 것 같았다.

현호는 이쯤에서 일어서려고 했다.

그때 사무실 문이 열리고, 누군가 사뿐히 발걸음을 들이며 작은 입을 열고 들어왔다.

"실례합니다. 여기 홍라연 선생님이 계신다고……."

현호는 그 얼굴을 보자마자 온몸이 굳는 기분이었다.

등줄기가 저리고, 머리끝이 쭈뼛거렸다.

그녀는 강설희였다.

*   *   *

"8개월… 아니, 9개월 만인가요?"

강설희는 천장을 바라보며 시간을 되짚었다.

"벌써 그렇게 됐네요."

음악 선생님은 둘이 얘기를 나눌 수 있게 빈 교실 하나를 내주었다.

방금 전까지 중등부 학생들이 수업을 해서인지 피아노 덮개가 열려 있고, 바닥에 쓰레기도 버려져 있어 정신이 없었다.

만약 이런 곳에서 2단계 능력을 쓴다면 현호는 오늘 밤 잠은 다 잔 것이나 다름없었다.

"어떻게 지냈어요?"

현호는 그녀와 거리를 두고 의자를 끌어 앉으며 물었다.

강설희는 맞은편 피아노 의자에 조심스럽게 엉덩이를 붙였다. 피아노를 바라보는 그녀의 미소가 낙엽 물든 가을날보다 한층 허전해 보인다.

'많이 힘들었나 보네.'

현호는 굳이 대답을 듣지 않아도 그녀의 옆모습을 보고 답을 알 수 있었다.

지쳐 보이고, 아파 보인다.

이전에 스쳐봤던 활기찬 모습도, 무언가에 집중한 모습도 그녀에게서 더는 보이지 않았다.

"저 유학 가요."

한참을 뜸 들인 뒤에야 그녀가 말했다. 물어본 답이 아니건만.

"유학이요?"

"예."

그녀가 매끄러운 턱을 천천히 끄덕였다.

잠시지만, 현호는 그녀의 입술색이 곱다는 생각이 들었다.

하지만 그 같은 생각 뒤로 그는 나직이 한숨을 쉬고 팔짱을 낀 채 시선을 돌렸다.

의미 없이 이곳저곳을 살피다가 다시 그녀를 바라봤다.

"유학 가서 뭐 할 건데요? MBA?"

"아니요. 그냥… 도망치는 거예요."

"예?"

"아무것도 안 하려고요. 가서 그림이나 그리든 잠이나 자든, 여기서 있었던 일 다 잊으려고요."

힘없이 고개를 가로젓는 강설희.

그녀의 목을 감싼 하늘색 스카프가 바스락 소리를 내는 듯해서 현호는 눈을 찌푸렸다.

"지금 무슨 소리 하는 거예요?"

"그 아이 죽고 많이 생각했어요."

강설희는 아랫입술을 살며시 깨물었다.

얼마나 자주 깨물었는지 이제는 물기만 해도 비린 맛부터 느껴질 정도였다.

강진우.

아버지가 밖에서 데려온 아이.

그래서 처음부터 곱게 볼 수가 없었던 아이.

입에서 뱉기 겁나는 말들로 그 아이를 밀어내고, 그녀 스스로도 마음에 짙은 상처를 남기면서까지 그 아이를 괴롭혔다.

꽤 긴 시간 동안 그 아이를 압박했다.

그런데도 그 아이는 강아지처럼 그녀에게 잘 보이려고 했다.

그때도 공무원 하나 서울로 올려 보내면 어떻다고.

물론 그게 맞는 결정이었지만 그 때문에 그 아이는……

"강설희 씨 잘못 아니에요."

"그럼 누구 잘못이죠?"

그녀가 물었다.

눈은 어느새 붉게 충혈됐고, 눈물이 고이고 있었다.

'이렇게 약한 여자였나⋯⋯.'

그래서 스스로 목숨을 끊는 어리석은 선택을 하는 걸까.

어쩌면 이번 삶에서는 그 녀석 때문에 시기가 좀 더 이를지도 모르겠다.

"아무도, 집안사람 누구도 그 아이를 신경 쓰지 않았어요. 외로웠겠죠, 괴로웠겠죠⋯⋯."

"그래서 그쪽이 도망치면, 죽은 녀석이 덜 외롭고 덜 아파한답니까? 덜 슬퍼한대요?"

현호는 그녀의 시선을 붙잡고 물었다.

그런 어리석은 생각을 잇는, 그런 멍청한 생각을 잇는 모습을 향해 호통을 쳤다.

"최소한 제가 조금은 덜 미안해하려고요."

결국은 주르륵 흘러내린 눈물.

그녀는 고개를 돌리고 부지런히 하얀 볼에 흐르는 눈물을 닦아냈다.

"하⋯⋯."

그녀의 어깨의 떨림을 지켜보며 현호는 한숨을 들썩였다.

어쩌자고 저 여자를 알게 됐을까.

자꾸만 신경이 쓰이는 걸 어떻게 제어할 수가 없었다.

"선생님은 어떻게 아시는 거예요?"

현호는 화제를 돌리려 음악 선생님에 대해서 물었다.

"예전에 선생님이 제 레슨을 해주셨어요."

강설희는 눈물을 마저 닦은 후, 쓸쓸한 미소를 띠고 그를 바라봤다.

'레슨이라고?'

현호는 문득 머릿속에 스친 게 있었다. 설마.

'설마 아니겠지.'

지금 생각하는 게 맞을 리가 없었다. 그런 우연이라는 게 이토록 쉽게 일어날 리가 없으니까.

"만나서 반가웠어요. 이만 가볼⋯⋯."

"잠깐만요."

강설희는 자신을 부른 현호를 바라봤다.

그의 목소리가 그녀의 발길을 붙잡았고, 그의 눈동자가 그녀를 담고 있었다.

"왜요?"

"우리 사이에 정리할 것 있잖아요."

"정리⋯ 요?"

"거래, 선물이요."

그제야 강설희는 생각이 난 듯 고개를 끄덕였다.

현호는 제주도 농지 건에 대한 답을 주면서 그 녀석을 전학 시켜 달라고 요구했었다.

물론 그 거래는 이뤄질 수가 없었고, 원치 않게 잊혀 버렸다.

"하지만 그건⋯⋯."

망설이는 그녀에게 현호는 말했다.

"다른 걸 해줬으면 해요."

"다른⋯ 거요?"

현호는 지금 머릿속에 생각하는 게 아니기를 바라고 있었다. 하지만 확인은 해야 했다.

만약 맞는다면, 그러면 어떻게 해야 할까.

"피아노 쳐 주세요."

"피아노요?"

대답을 이을 필요는 없었다.

현호는 눈을 감았고, 그녀는 머뭇거림 끝에 체념한 듯 피아노 의자를 끌어 앉았다.

하얗고 고운 손.

검은건반과 흰건반 위에 놓인 그 손이 움직이기 시작했다.

소리는 빈 교실을 채우고 현호의 귓가에 내려앉았다.

불과 2년 전 어느 날이다.

학교에 지각을 한 소년은 복도를 지나다 피아노 소리를 들었다.

너무도 부드럽고, 너무도 가녀린 소리.

마음을 빼앗긴 소년이 계단에 앉아 귀 기울였던 그때의 피아노 소리.

그 소리가 지금 흐르고 있었다.

'젠장.'

어떻게 이럴 수가.

그때 그 소리의 주인공이 강설희였다니.

'아니야.'

그냥 모른 체하면 된다.

그때의 그 소리는 스쳐 가는 소리였고, 지금도 스쳐 보내면 그뿐이다. 그저 우연의 일치일 뿐이고, 우연은 우연으로 끝내면 된다.

"이제 정말 가볼게요."

일어선 그녀가 짧게나마 고개를 숙이고 교실을 나갔다.

그사이 현호는 기억 속 갈무리된 피아노 소리를 몇 번이고 반복해 들었다.

2년 전 영선중학교의 복도에 흐르던 소리.

방금 전의 교실을 채웠던 소리.

'같은 소리.'

눈을 부릅뜬 현호는 서둘러 일어났다. 그리고 복도를 가로질러 계단을 뛰어갔다.

"저기!"

도로변에 주차된 차에 오르려던 강설희가 걸음을 멈췄다.

그녀가 고개를 돌렸다.

"무슨 할 말이라도……."

그 순간 현호의 머릿속에 한 가지가 스쳤다.

반복된 실수.

또다시 시작될지 모르는 어리석음.

"유학… 잘 다녀오세요."

겨우 뱉은 얘기는 한심하고, 의미 없는 헛소리였다.

"예. 그럼."

그리고 더 이상의 대화는 없었다. 강설희는 비서가 열어준 뒷좌석에 올라탔다.

현호는 한참을 그녀가 떠난 자리를 바라봤다.

한참을.

『세무사 차현호』 3권에 계속…

초대형 24시 만화방

신간 100%, 샤워실, 흡연실, 수면실(침대석), 커플석, 세탁기 완비

■ 강북 노원역점 ■

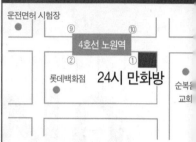

서울 노원구 상계동 340-6 노원역 1번 출구 앞 3층
02) 951-8324 (화용빌딩 3층)

■ 일산 정발산역점 ■

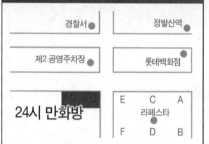

라페스타 E동 건너편 먹자골목 내 객잔건물 5층
031) 914-1957

■ 일산 화정역점 ■

경기도 고양시 덕양구 화정동 984번지 서일빌딩 7층
031) 979-4874 (서일사우나 건물 7층)

■ 부천 역곡역점 ■

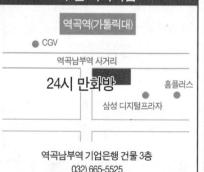

역곡남부역 기업은행 건물 3층
032) 665-5525

■ 부평역점 ■

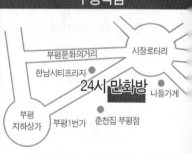

(구) 진선미 예식장 뒤 보스나이트 건물 10층
032) 522-2871

허담 新무협 판타지 소설

FANTASTIC ORIENTAL HEROES

전왕의 검

신력을 타고났으나 그것은 축복이 아닌 저주였다.

『십자성 - 전왕의 검』

남과 다르기에 계속된 도망자의 삶.
거듭된 도망의 끝은 북방 이민족의 땅이었다.
야만자의 땅에서 적풍은 마침내 검을 드는데……!

"다시는 숨어 살지 않겠다!"

쫓기지 않고 군림하리라!
절대마지 십자성을 거느린
적풍의 압도적인 무림행이 시작된다!

이계진입 리로디드

임경배 퓨전 판타지 소설

FUSION FANTASTIC STORY

『권왕전생』 임경배의 2015년 신작!

『이계진입 리로디드』

**왕의 심장이 불타 사라질 때,
현세의 운명을 초월한 존재가 이 땅에 강림하리라!**

폭군으로부터 이세계를 구원한 지구인 소년 성시한.
부와 명예, 아름다운 연인…
해피엔딩으로 이야기는 끝인 줄 알았건만
그 대가는 지구로의 무참한 추방이었다.
그리고 10년 후……

— "내가 돌아왔다! 이 개자식들아!"

한 번 세상을 구한 영웅의 이계 '재' 진입 이야기!

Book Publishing CHUNGEORAM

유행이 아닌 자유추구 -
WWW. chungeoram.com